패
왕
의 별

패왕의 별

1판 1쇄 찍음 2015년 11월 10일
1판 1쇄 펴냄 2015년 11월 16일

지은이 | 강호풍
펴낸이 | 정 필
펴낸곳 | 도서출판 **뿔미디어**

편집장 | 이재권
기획 · 편집 | 문정흠

출판등록 | 2002년 9월 11일 (제081-1-132호)
주소 | 경기도 부천시 원미구 소향로 17번길(두성프라자) 303호 (우) 14544
전화 | 032)651-6513 / 팩스 032)651-6094
E-mail | bbulmedia@hanmail.net
홈페이지 | http://bbulmedia.com

값 8,000원

ISBN 979-11-315-6898-9 04810
ISBN 979-11-315-2568-5 04810 (세트)

패
왕의
별

2부

14

강호풍 신무협 장편 소설

뿔미디어

목차

제27장 항명합니다 …7

제28장 푸른 염낭에 담긴 내용 …55

제29장 절대를 잡아먹는 초절정 …105

제30장 당신들이 지켜야 할 세 번째 …173

제31장 이건 혈겁의 시작일 뿐 …243

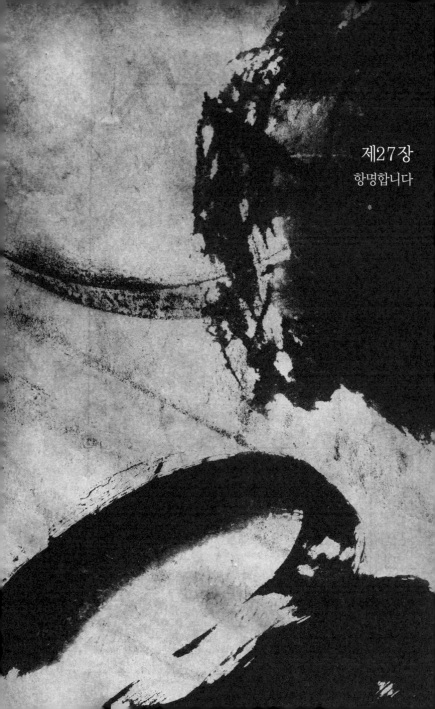

제27장
항명합니다

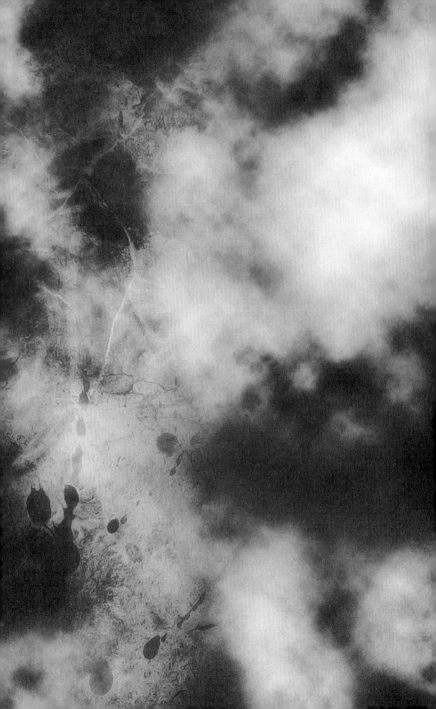

1

염낭의 내용이 궁금한 사람들은 독고설과 서언을 번갈아 보았다. 그러자 서언이 묘한 미소로 어깨를 으쓱하고는 쥐고 있던 푸른 염낭을 독고설에게 내밀었다.

독고설이 의아한 얼굴로 서언을 바라보며 물었다.

"저에게 다시 돌려주는 건가요?"

서언이 고개를 끄덕이며 염낭을 건네주었다.

"분타주의 말씀대로 합시다."

"그게 무슨?"

"분타주께서는 내가 배신하지 않으면 전투가 끝나고 나서 확인하자고 말씀하셨잖소. 그러니 그렇게 합시다."

독고설은 잠시 침묵했다. 이미 내용을 확인하고는 나중에 다시 보자는 서언의 의중이 이해되지 않았다.

"뭐, 어쨌든 밝은 표정을 보니 섭섭하지 않으신가 보네요."

서언은 여전히 미소를 머금은 얼굴로 고개를 끄덕였다.

"그렇소."

주변의 사람들도 이런 서언의 반응이 의외였다.

많은 이들은 푸른 염낭 안에 담긴 내용이 궁금했지만 이내 관심을 독고설에게 옮겼다. 지금 급한 것은 곧 벌어질 전투에서의 작전이니까.

사실 많은 이들은 극도의 초조감을 느끼고 있었다. 천류영을 철석같이 믿긴 하지만, 만에 하나 사오주가 협력하지 않는다면 이번 전투는 승산이 없을 테니까.

오성검 장로가 핵심을 찔렀다.

"검봉, 사오주가 우리와 합공(合攻)을 하는 것이냐?"

조전후가 첨언했다.

"아가씨, 분타주께서 어떤 거래를 했기에 사오주가 힘을 합친다는 겁니까?"

주변의 시선이 독고설에게 쏟아졌다. 그녀는 붉은 염낭 안에 있던 쪽지를 오성검 장로에게 넘겨주며 입을 열었다.

"사오주는 왜구를 공격할 수밖에 없어요."

*   *   *

사오주 절강 지부.

흑하룬 장로는 자신의 거처에서 잔뜩 구겨진 얼굴로 차를 마시다가 불평을 터트렸다.

"이럴 수는 없어! 무상의 첫 출전인데 내가 왜 빠져야 하는가!"

그의 분노에 맞은편에 앉아 있던 무풍단주가 맞장구를 쳤다.

"장로님, 이건 문상의 월권입니다. 무상님의 지휘권을 빼앗은 것으로도 모자라 우리를 전투에서 배제하다니. 나중에 정식으로 이 문제를 공론화시켜야 합니다."

흑하룬 장로는 이를 갈다가 밖에 대기하고 있을 시녀를 향해 외쳤다.

"술을 가져와라!"

그의 외침에 무풍단주가 당황하며 입을 열었다.

"장로님, 술이라니요?"

있을 수 없는 일이었다.

지부의 절반이 전투를 위해 출정했다. 그런데 술판을 벌인다면 무상께 치도곤을 당할 일이었다.

흑하룬이 버럭 화를 냈다.

"무상도 이해해 줄 거야!"

"하지만……."

"문상이 무림서생의 꼬드김에 흔들려 노부가 죽치고 앉아 있게 됐다. 속에서 천불이 나는데 차로 식혀지겠는가?"

"장로님, 그래도 술은 아닌 듯싶습니다. 혹시 모르지 않습니까? 문상의 말대로 왜구가 우리를……."

무풍단주는 말꼬리를 잇지 못했다. 자신이 생각해도 터무니없었으니까. 이건 확실히 무림서생의 말장난에 문상이 흔들렸다고밖에 볼 수 없었다.

그가 입맛을 다시다가 피식 실소하고는 말했다.

"그럼 딱 몇 잔만 할까요?"

그의 말이 떨어지기 무섭게 비상을 알리는 타종 소리가 울렸다.

뎅뎅뎅뎅뎅뎅뎅!

무의식적으로 벌떡 일어선 흑하룬 장로와 무풍단주.

둘이 서로 마주 보며 동시에 말했다.

"설마……."

"설마……."

둘이 숨을 들이켜는데 수하들의 고함이 창을 타고 넘어들었다.

"적이다! 적의 기습이다!"

"적들이 몰려오고 있다! 왜구다!"

흑하룬 장로와 무풍단주는 내실의 문이 아니라 창을 박차고 밖으로 뛰어나갔다.

창문 밖 사층 지붕.

정말로 칼을 든 놈들이 몰려오고 있었다.

흑하룬 장로가 신음을 삼키며 무풍단주에게 말했다.

"단주는 먼저 미우산으로 전서구를 띄우게. 정말 왜구가 쳐들어오고 있다고."

"예, 장로님."

흑하룬은 지붕에서 뛰어내렸다. 수하들이 사방에서 뛰어나오고 있었다.

"침착해라! 우리는 사오주의 최정예다! 그리고 왜구의 숫자는 결코 많지 않다!"

그는 활짝 열려 있는 정문을 향해 달리며 눈을 빛냈다.

"감히 여기가 어디라고! 모두 죽여주마."

이미 정문 앞에는 번을 서던 이들과 대연무장에서 수련을 하던 수하들이 살기등등한 얼굴로 다가오는 적들을 노려보고 있었다.

흑하룬이 수하들을 향해 외쳤다.

"가자!"

그의 명에 수십여 수하들이 당황했다. 달려오는 왜구들에 비해 아직은 자신들의 숫자가 현저히 적었다.

흑하룬이 뒤를 보며 말했다.

꾸역꾸역 몰려나오는 사파인들.

"금방 우리의 숫자가 더 많아진다! 우리가 먼저 저놈들의 예봉을 꺾자!"

정문의 수하들이 비릿한 미소로 허리를 숙였다.

"존명!"

흑하룬이 앞서 달렸다.

차아앙!

신월도가 벼락처럼 뽑혀져 나왔다.

급속히 가까워지는 거리. 흑하룬의 눈에 살기가 번지르르했다.

"감히 왜구 따위가!"

흑하룬이 욕설을 뱉으며 선두의 왜구를 베려는 순간, 그의 눈동자가 흔들렸다. 갑자기 선두의 인물에게서 뿜어져 나오는 기세가 달라졌다.

압박감이 느껴지는 폭발적인 기운.

"고, 고수!"

진짜 고수다.

그가 당황하며 발을 멈추는데, 상대는 그럴 생각이 없어 보였다.

쇄애애액.

칼바람이 거칠게 다가왔다. 흑하룬은 숨을 들이켰다.

검풍이 아니다.

이건 검기!

파파파파파앗!

검기가 흑하룬의 몸에 생채기를 만들며 스쳐 갔다. 그리고 다가오는 왜검!

흑하룬의 칼이 짓쳐 드는 왜검을 마주쳤다.

째애앵!

허공을 울리는 쇳소리.

흑하룬의 눈이 찢어질 듯 커졌다.

상대의 왜검이 자신의 도신을 타고 미끄러졌다. 자신의 안으로 파고드는 것이다. 엄청난 힘과 내공이 없으면 불가능한 일.

흑하룬이 급히 몸을 비틀었다.

그러나…… 이미 늦었다. 상대의 왜검이 기어코 쫓아와 흑하룬의 옆구리에 박혔다. 그리고 몸속으로 깊숙이 들어와 내부를 갈기갈기 찢었다.

"끄아아아악!"

기세 좋게 달려들었던 흑하룬이 허망하게 죽자 뒤쫓아 오던 사파인들이 눈에 띄게 당황했다. 반면에 왜구들은 기세가 올랐다.

"와아아아아!"

그때, 사오주 절강 지부에서 미우산을 향해 전서구가 날아올랐다.

　　　　*　　　　　　*　　　　　　*

독고설은 담담하게 말을 이었다.

"왜냐하면 지금쯤, 아니면 이미 사오주 절강 지부는 왜구에게 공격당하고 있을 테니까요. 근거지가 기습당하는데 참겠어요? 그러니 저 미우산에 있는 사파인들은 공동의 적인 왜구를 상대하기 위해 우리에게 협조할 거예요."

독고설의 말에 찰나 정적이 흘렀다. 모두 말은 안 했지만 그것이 사실이냐고 표정으로 묻고 있었다.

독고설이 건네준 쪽지를 읽던 오성검 장로가 신음을 흘리다가 고개를 절레절레 흔들었다.

"허허허, 역시 분타주시군."

조전후가 끼어들었다.

"그러니까, 왜구가 이리 안 오고 사오주 절강 지부로 간다는 겁니까? 분타주가 그쪽으로 도망친다는 겁니까?"

서언이 눈살을 찌푸리며 고개를 저었다.

"야차검, 그건 아닐 것이오. 그러면 우리나 사오주가 이곳에 매복할 이유가 없지 않소?"

"아! 그렇지. 맞소. 그럼 어떻게 왜구가……."

독고설이 조전후의 말허리를 끊었다.

"항주루의 지하 뇌옥에 갇혀 있던 삼백의 왜인들."

"……!"

"낭왕 대협께서 그들을 이끌고 사오주 절강 지부를 공격하는 거예요. 아, 물론 낭왕 대협은 왜인의 인피면구를 써서 정체를 숨기고 말이죠. 우리 분타를 지키고 있는 것으로 알았던 본 가의 검풍대도 낭왕 대협과 함께 움직이고 있다네요."

모두가 말문을 잃었다. 그 충격 속에서 서언이 질문을 던졌다.

"그 왜놈들이 협조하겠습니까?"

독고설이 피식 웃고 답했다.

"독을 썼거든요. 해독약을 얻기 위해 그들은 따를 수밖에 없죠. 또한 전투에서 승리하면 풀어주겠다고 약속했으니까요."

모두가 쓴웃음을 깨물었다.

왜인들의 입장에선 어차피 죽게 된 상황이다. 실낱같더라도 살 수 있는 희망이 있다면 그것에 목숨을 걸 수밖에 없는 사람의 심리를 이용한 것이다.

승리하면 풀어주겠다는 약속이 진실인지 거짓인지 불명확하더라도 사람은 그렇게 움직일 수밖에 없다.

조전후가 혀를 내두르다가 웃음을 터트렸다.

"크허허허, 우리 분타주께서는 쓰레기들을 확실하게 이용하시는군."

아직도 쪽지를 읽고 있는 오성검 장로가 말을 받았다.

"그게 이번 전투의 핵심이네. 서문창을 따르는 패거리를 이용해 왜구와 싸우고, 사오주를 속여 한 방 먹이는 거지."

모두가 감탄스러운 표정으로 빙그레 미소 지었다. 독고설이나 오성검 장로가 따로 말은 안 했지만, 천류영의 깊은 속내가 전해져 왔다.

천류영 분타주는 자신들의 희생을 최소화하려는 것이었다. 세상에 어떤 수장이 이렇게 수하들을 아낄까.

마침내 쪽지의 내용을 다 확인한 오성검 장로는 독고설을 보며 안타까운 표정을 지었다.

"네가 분타주는 잔인하다고 말한 이유를 알겠구나."

독고설은 고개를 떨어트렸고, 조전후는 의아한 얼굴로 물었다.

"장로님, 그 이유가 뭡니까?"

"이곳에서의 지휘권을 검봉에게 넘겼네."

조전후는 큰 눈을 껌뻑거리다가 고개를 갸웃거렸다.

"그게 왜 잔인합니까?"

그는 질문을 하면서도 은연중에 짜증이 솟구쳤다. 왠지 계속 자신만 작금의 상황을 파악하지 못하는 바보가 된 기분이 들어서였다. 분명 다른 사람들도 이해하지 못하고 있을 터인데.

어쩌겠는가, 잠시라도 궁금증을 참지 못하는 자신의 성격을 탓할 수밖에.

오성검 장로가 쪽지를 서언에게 넘겨주며 대꾸했다.

"사오주가 전투에 합류한 뒤, 이각 후에 공격령을 내리라고 하셨네. 검봉이 직접."

조전후를 비롯한 사람들이 숨을 들이켜며 독고설을 보았다. 사오주와 동시에 공격하는 것이 아니라 한참 뒤에 가세하라는 천류영의 지시.

독고설에게 그것이 얼마나 어려운 일인지 모르는 사람은 없었다.

위험천만한 천류영을 보면 당장에라도 돕기 위해 달려나가고 싶을 테니까.

독고설은 양손으로 머리를 감싸 쥐었다. 천류영이 왜 먼저 염낭을 보면 안 된다고 했는지 이유를 알았기에. 먼저 보았다면 당연히 거절했을 테니까.

그는 자신을 이곳의 임시 사령관으로 임명해서 개인적으로 움직이지 못하게 만든 것이다.

괴로운 표정의 독고설을 보던 조전후가 입술을 깨물고 말했다.

"그냥 사오주와 함께 내려가 싸우면 안 됩니까?"

오성검 장로가 씁쓸한 표정으로 답했다.

"다들 알다시피 사오주의 최정예들이 절강 지부에 와

있네. 그러니 왜구와 사오주의 피해가 어느 정도 난 뒤에 우리가 합류해야 뒤탈이 없을 것이란 분타주의 말씀이네."

만약 자신들과 사오주가 동시에 하산해 참전한다면 아무래도 정파의 피해가 더 많을 수밖에 없었다. 인정하기는 싫지만, 현재 사오주 절강 지부의 전력은 자신들보다 훨씬 윗줄이었으니까.

그렇다면 왜구를 물리쳐 승리하더라도 사오주가 곧바로 자신들을 노릴 수 있음이었다.

조전후가 굳은 얼굴로 물었다.

"장로님, 만약에 말입니다, 사오주의 문상 야월화도 같은 생각을 하고, 우리보다 늦게 참전할 생각을 하면 어떻게 되는 겁니까?"

중요한 의문이었다.

서언이 쪽지를 읽고는 한숨과 함께 입을 열었다.

"사오주가 먼저 움직이지 않으면 우리 역시 참전하지 말라고 하셨소."

많은 이들이 침을 꿀꺽 삼켰다. 그 말의 뜻은 의미심장했다.

양쪽 산에 있는 매복군들이 시기를 저울질하는 사이에 천류영이 왜구에 의해 죽게 되더라도 방관하라는 말이니까.

조전후가 이를 갈며 외쳤다.

"그럴 수는 없습니다!"

그의 외침에 많은 간부들이 고개를 끄덕여 찬동했다. 그러자 오성검 장로가 슬픈 표정으로 말했다.

"천류영 분타주께서는 이리 적어두었소."

"……."

"자신 하나의 목숨으로 끝날 일에 절강 분타의 이천여 협객들의 생명을 끌어들이지 말라고. 더 나아가 이백오십만 명의 항주와 절강의 백성을 생각하라고."

"……!"

"감정과 인정에 휘둘리지 말라고 신신당부했네. 사오주에게 뒤통수를 맞고 모두 죽게 되는 일은 반드시 피해야 하니까."

조전후가 주먹을 쥐고 부르르 떨다가 성냈다.

"젠장! 최고 수장은 사지에서 목숨을 건 싸움을 하고, 수하들은 구경이나 하라고? 빌어먹을, 이런 수장이 어디에 있어? 이건 아니지, 이건……."

감정이 격해진 조전후가 말을 잇지 못하자 독고설이 고개를 들고 차분하게 말했다.

"나는 우리 분타주를 믿어요."

"아가씨."

"분명 사오주가 먼저 움직일 거예요. 분타주께서 미리

그렇게 손을 써놨을 거예요.”

그때, 서언이 침중한 어조로 입을 열었다.

“옵니다.”

사람들이 시선을 돌려 산 아래 저편을 주시했다.

두 부대가 격렬한 싸움을 하며 이동해 오고 있었다.

독고설은 그것을 유심히 보다가 한숨을 삼켰다.

서문창을 따르는 이천이 출정했다. 그런데 지금은 아무리 최대로 생각해도 오륙백 명 정도로밖에 보이지 않았다.

이곳까지 오는 길이 결코 쉽지 않았으리라는 것을 짐작할 수 있었다.

물론 정파의 가면을 뒤집어쓰고 온갖 악행을 저지르던 저들의 죽음이 애달픈 건 아니다. 다만, 천류영이 꽤나 고생하고 있을 것 같아 가슴이 찌르르 아파왔다.

그녀뿐 아니라 다른 이들도 마찬가지 생각을 했는지 입술을 아프게 깨물었다.

그들은 모두 한 가지 생각을 했다.

천류영.

그는 아무 탈 없이 무사할까?

*　　　*　　　*

“헉헉!”

모두가 거친 숨을 터트렸다.

정파인들의 얼굴엔 짙은 죽음의 그늘이 드리워져 있었다. 친했던 동료들 중 상당수가 이미 목숨을 잃은 상황.

절대고수 한 명의 위력은 예상을 훌쩍 뛰어넘었다.

정파무림에서도 유명한, 삼백의 최정예가 몰려 있는 맹호대가 겐죠 한 명을 제대로 막지 못했다.

절정고수인 서문립을 비롯한 고수들의 적극적 합류로 겐죠를 어느 정도 막는 듯했지만, 얼마 가지 못했다.

맹호대의 전열에 생긴 작은 틈을 겐죠는 놓치지 않았고, 그때부터 무인지경으로 학살을 시작했다.

결국 맹호대를 돕지 않기로 마음먹었던 천류영도 결심을 철회하고 말았다.

겐죠를 그대로 방치했다가는 왜구를 함정으로 끌어들이기도 전에 몰살당하고 말 테니까.

천류영은 수호대의 절반을 겐죠에게 보내야 했다.

한편, 다카시라는 왜인은 무리하지 않고 차분하게 수하들을 운용했다.

다카시는 이것이 본 싸움이 아니라는 것을 이미 간파하고 있는 것이었다.

땀으로 범벅인 천류영이 귀밑머리를 긁적거렸다.

왜구의 피해가 너무 적다. 그들은 사천의 수하 중 오백여 명을 배를 지키기 위해 항수 포구에 남겼다.

삼천오백의 왜구 정예.

그들 중 못해도 칠팔백 명은 함정에 끌어들이기 전까지 없앨 요량이었다. 그러나 실패했다.

정파의 전력 일천오백을 잃는 동안 왜구의 피해는 불과 삼백여 명에 불과했다.

절대고수인 겐죠의 압도적인 무위와 다카시의 차분한 용병술로 인해 상황이 꼬이고 있었다.

"확실히 쉽지 않아. 그냥 도적이 아니라 군(軍) 생활을 했던 놈들이라 말이지."

천류영은 혼잣말을 중얼거리며 고소를 삼켰다. 그러고는 고개를 잠깐 돌려 가까워진 미우산을 보며 미소를 지었다.

'문상 야월화, 머리 굴리지 말고 나오라고. 어쩔 수 없잖아? 내 말대로 지부가 공격당했으니 당신들의 총타도 정말 위험한 것인지 궁금할 테니까. 후후후, 날 살리라고. 그래야 그 대답을 들을 수 있을 테니.'

2

천류영은 예상보다 일이 꼬이고 있다는 생각을 하고 있었다. 그러나 다카시는 정반대의 생각으로 이를 갈고 있었다.

자신들에게는 겐죠 총대장이 있다. 전장을 압도하는 절대고수 한 명의 위력은 상대의 전의를 잃게 만든다.

그런데 무림서생은 끊임없는 명령으로 제 수하들의 한눈을 팔지 못하게 만들었다. 정파인들은 그의 쉼 없는 명에 따라 부지런히 움직이느라 겐죠에게 관심을 기울일 여력이 많지 않았던 것이다.

그리고 자신들은 겐죠 총대장을 제외하더라도 수적으로 훨씬 우세한 상황이었다. 그러니 일방적인 전투로 쓸어버려야 했다.

그런데 그것도 여의치 않았다.

치고 들어가 정파인들의 전선을 박살내려고 하면, 그때마다 무림서생의 지시로 인해 물러나야만 했다.

이해하기 어렵지만, 놈은 대담하게 수하들을 부렸다. 마치 정파인들이 다 죽어도 좋다는 듯이.

이른바 맞불 작전이었다.

전력이 우세한 부대가 안으로 파고들려고 하면 인원이 적은 부대는 으레 방어로 나서야 한다.

그게 기본이고 상식이다.

그런데 무림서생은 오히려 수하들에게 적진으로 들어가라고 명을 내렸다.

한쪽이 물러서지 않으면 결국 난전이 된다.

그리되면 양쪽의 피해는 걷잡을 수 없이 커지게 되는

것이다. 본 싸움을 앞두고 피해를 최소화해야 할 입장인 다카시로서는 그것만큼은 사양이었다.

다카시는 이를 갈며 정파인들의 가장 후위에 있는 천류영을 노려보았다.

"내가 본 장수 중 가장 최악이군. 전장에서 수하들을 소모품으로 여기다니."

그의 곁에 있는 신이치가 땀을 훔치며 말을 받았다.

"다른 사람도 아닌 무림서생입니다. 만만히 보시면 안 됩니다. 그는 겨우 몇 명의 피해만으로 일천오백의 본 벌(本閥)을 무너뜨렸습니다."

다카시는 눈살을 찌푸렸다. 바로 그 점이 무림서생을 판단하는 데 더 어려움을 주고 있었다. 신이치가 말을 이었다.

"그리고 어쨌든 무림서생의 무모해 보이는 공격령으로 인해 아직까지 버티고 있는 것도 사실이니까요."

그랬다.

그러지 않았다면 진즉 정파인들은 무너졌을 것이다. 다카시가 짜증스러운 표정을 짓다가 고개를 들었다. 어느새 두 부대는 함성을 지르며 미우산과 천풍산 사이로 진입하고 있었다.

"이 함정 속으로 들어오기 전에 정파인들을 모조리 없애고 당당하게 들어오고 싶었는데."

다카시는 중얼거리며 정파인들을 유심히 살폈다. 그들의 얼굴에 안도의 기색이 드리우기 시작했다.

마침내 동료가 있는 곳까지 죽지 않고 살아서 버텼다는 안도감이었다.

다카시의 입가로 차갑고 사나운 미소가 맺혔다.

"후후후, 뭐, 지금이라도 쓸어버리면 되겠지. 단숨에!"

이미 염두에 두었던 계획이다.

혹여 함정에 들어설 때까지 정파인들을 전멸시키지 못할 경우, 그들이 안심할 때 허를 찌른다.

지금이 바로 그때였다.

다카시가 내공을 실어 크게 명을 내렸다.

"자, 때가 되었다! 총공격이다! 공격하라!"

그의 공격령이 떨어지기 무섭게 왜구들이 함성을 지르며 노도와 같이 달렸다.

"우와아아아아!"

"고로세에에에(죽여라)!"

다카시의 갑작스러운 총공격령에 천류영은 감탄의 기색을 감추지 못했다.

도적에 불과한 악당일지라도 상대의 용병술만큼은 인정하지 않을 수 없었다.

정파인들은 미우산과 천풍산으로 들어서면서 긴장이 풀리는 상황이었고, 동시에 전선의 앞과 그 후위가 체력 안

배를 위해 자리를 바꾸는 순간이었다.

천류영은 찰나 전군 후퇴령을 내릴까 망설였다.

무조건 뒤돌아 도망치는 것이다.

일시적으로 전열이 엉망이 되겠지만, 지금과 같은 상황에서는 그것이 더 피해를 줄일 수 있기 때문이다.

하지만 천류영은 어깨를 으쓱하고 외쳤다.

"맞서 싸워라! 공격하라!"

정파인들은 멈칫거렸다. 그러나 이내 천류영의 명에 따라 함성을 지르며 앞으로 달렸다.

왜냐하면 지금까지 자신들이 이리 공세적으로 나가면 왜구가 물러서는 모습을 보였기 때문이다.

그런데…… 이번엔 달랐다. 왜구들은 노도와 같이 밀려들었다.

쩌어어엉! 쩡쩡쩡!

"으아아악!"

"공격하라!"

"싸워라! 나아가라!"

비명과 함성이 뒤엉켜 허공을 울렸다. 그리고 정파인들의 전선이 일방적으로 무너지기 시작했다.

다카시가 적절한 순간에 공격해 들어온 점도 있지만, 정파인들의 마음에 평정이 깨진 탓이 컸다.

당황한 무령각주가 고개를 돌려 천류영을 향해 외쳤다.

"분타주! 이번엔 왜놈들이 물러서질 않습니다!"

그의 외침은 절규였다. 천류영이 심각한 표정을 지으며 속으로 생각했다.

'그래서 뭐, 어쩌라고?'

하지만 답은 주어야 했다.

"공격하십시오. 곧 물러설 겁니다."

물론 그럴 리 없다.

왜구가 바보가 아닌 이상 양쪽의 산에 매복한 무사들이 있다는 것을 짐작하고 있을 것이고, 그전에 정파의 병력을 최대한 줄여야 한다는 생각을 가지고 있을 테니까.

무령각주는 뭔가 이상하다는 느낌을 받았다.

정말 계속 공격하면 왜구가 물러설까?

자신이 왜구의 장수라면 이번 기회에 자신들을 끝장내려고 들 것 같은데?

하지만 그는 천류영의 명에 반박하지 못했다.

천류영이 없었더라면 자신들은 이미 전멸했을 것임을 알기 때문이다. 그의 능력 덕분에 지금 남은 인원이나마 보존할 수 있었다.

그리고 지금껏 믿고 따르던 분타주의 명을 이 위기의 순간에 딴죽 건다는 것은 불가능했다.

설사 오판에 따른 명령이라도 따라야 했다. 그런 상황이었다, 지금은.

천류영이 다시 힘주어 외쳤다.

"공격하세요. 조금만 버티면 됩니다! 여기까지 왔잖습니까!"

그의 고함에 정파인들은 이를 악물고 칼을 휘둘렀다.

천류영의 말마따나 수많은 사선을 넘고, 동료들의 살려 달라는 간절한 애원을 외면하고 이곳까지 왔다.

다 왔는데 여기에서 허망하게 죽을 수야 없지 않은가.

"싸워라!"

"막아! 막으라고!"

"지원군이 내려오고 있어! 조금만 더 버티면 된다고!"

악다구니다. 동료에게 외치는 것이 아니라 자신을 안심시키기 위한 외침.

쨍쨍쨍, 쩡쩡!

"으아아악!"

"살려줘……. 여기까지 어떻게 왔는데……."

버티고 버티지만, 쓰러지는 자들이 속출했다. 몇 배의 왜구가 작심하고 달려드는 것을 막기엔 역부족이다.

대체 지원군은 왜 안 오는 거지?

궁금증이 머리에서 떠나지 않는다. 그러나 그것을 질문할 시간 따위는 없다.

눈앞에서 칼이 떨어지고, 옆에서 비명과 핏줄기가 솟구쳤다.

"으아아악! 죽어! 죽으라고, 이 왜구 새끼들아!"

무령각의 부각주 진화유는 치를 떨며 검을 휘둘렀다.

이렇게 죽을 수는 없다. 그동안 모아둔 돈이 얼마인가. 그 돈을 다 써보지도 못하고 죽을 수는 없었다.

뒷돈으로 상납 받은 재물로 여인도 몇 명 샀다. 며칠 전엔 고리대금을 다 갚지 못한 여염집 규수도 하나 챙겼다.

그렇게 즐거운 일들이 가득한 나날이었는데 왜 지금 자신이 이런 꼴이 된 건가. 대체 어디서부터 꼬인 거지?

진화유는 자신을 향해 들어오는 세 개의 왜검을 보았다.

"아⋯⋯."

자신도 모르게 탄식이 흘러나왔다.

이건⋯⋯ 막을 수 없다. 그럼에도 뒤꿈치에 힘을 주어 뒤로 몸을 날려보지만, 역시나 두 개의 왜검이 따라와 허벅지를 베고 가슴에 쑤셔 박힌다.

"크헉!"

진화유는 이미 펼친 경신술로 인해 몸이 뒤틀리며 바닥으로 떨어져 내렸다.

그 순간, 멀찍이 떨어져 있는 분타주와 눈이 마주쳤다.

"⋯⋯!"

진화유의 눈동자가 흔들렸다.

착각일까?

자신을 보는 분타주의 눈이 지독하게 싸늘했다. 수하가 죽어가고 있는데 동정심이라고는 전혀 보이지 않는 표정 이었다.

한편, 본부대(本部隊)의 약간 옆에 떨어져서 겐죠와 싸우고 있는 맹호대의 대주, 서문립은 악에 받쳐 있었다.

아끼고 아끼던 수하들이 너무 많이 죽었다.

삼백여 맹호대는 불과 칠십여 명만 남았다. 도와주려고 왔던 수호대도 겨우 삼십 명만 남았다.

"괴물……."

그는 겐죠를 보며 입술을 씹어 먹듯 중얼거렸다.

"크케케케케."

겐죠는 긴 혀를 내밀며 듣기 싫은 웃음소리를 터트렸다. 그러더니 쉬지 않고 휘두르던 왜검을 멈추고 자리에 우뚝 섰다.

맹호대와 수호대는 격한 숨을 터트리며 겐죠를 주시했다. 차륜전으로 상대하려던 계획은 예전에 망가졌다. 지금 자신들은 겐죠를 포위해 공격했다. 그러나 공격해 들어갈 때마다 늘어나는 건 아군의 시체뿐이었다.

겐죠가 멈추자 맹호대와 수호대도 멈췄다. 잠깐이라도 숨을 돌리기 위해서.

겐죠는 잔인하면서도 여유로운 표정으로 천천히 고개를 돌려 사방을 훑었다.

"여기가 너희들이 준비해 둔 함정인가?"

겐죠의 시선은 서문립에게 닿아 있었다. 서문립은 그의 차가운 눈길을 마주하며 살짝 진저리를 치고 답했다.

"그래, 네놈의 무덤이 될 곳이다."

천류영과 다카시가 부리는 부대는 격렬하게 충돌하고 있었다. 그러나 겐죠의 주변은 움직임이 없었다.

겐죠는 자신이 쓰던 왜검을 눈앞에 들더니 입맛을 다셨다.

"이 칼은 더 이상 못쓰겠군."

워낙에 많은 이들을 베다 보니 이가 몇 군데 빠져 있었다. 그는 쓰던 칼을 내던지고 옆구리에 차고 있던 두 자루의 검 중 하나를 꺼내 들었다.

스르르릉.

지금까지 쓰던 칼보다 한 뼘 정도 더 길었다.

겐죠는 그 칼에 자신의 혀를 살짝 가져다 댔다. 그러자 핏물이 흘러나와 검신을 적셨다.

우우우우웅.

피를 머금은 검이 울기 시작했다.

"본국에서도 손꼽히는 다섯 개의 검 중 하나다. 혈검(血劍)이라고 하지. 피를 먹으면 먹을수록 날뛰거든. 나

같은 고수가 아니면 제어하지 못하지. 이 칼은 주인이라도 어수룩하면 잡아 먹어버리거든.”

밤마다 여인들을 천천히 죽이던 검이다. 조금씩 피를 빨아들이는 혈검.

그는 다카시가 정파인들을 무너뜨리며 전진하는 모습을 흘낏 보고는 좌우의 산을 보며 물었다.

“그런데 네놈들의 동료들은 왜 도우러 오지 않지? 분명 숨어 있는 게 느껴지는데 말이야.”

서문립은 입술을 깨물었다. 그건 자신이 묻고 싶은 말이었기에. 대체 서문창 사부님께서는 왜 지켜만 보고 계신 건가. 그리고 사오주는?

뭔가 꼬이고 있다는 예감이 들었다. 그러나 애써 그 의문을 머릿속에서 지웠다.

여기에서 잘못되면 자신들은 살아날 길이 없기에.

겐죠는 어깨를 으쓱하고 씩 미소 지었다.

“뭐, 너희들을 다 죽이면 내려오려나?”

“…….”

“그건 그렇고, 이 검에 내력을 주입하면 어떻게 되는지 아나?”

절대고수의 여유였다.

매복이 있다는 것을 알면서도 이 순간을 즐기고 있는 것이다. 아주 오랜만에 맛보는 전장의 피 냄새를 더 누리고 싶은 것이었다.

서문립을 비롯한 정파인들은 대꾸할 수가 없었다. 겐죠의 신형에서 지금까지와 다른 요사한 기운이 폭풍처럼 뿜어져 나왔기 때문이다.

우우우우웅.

혈검이 거칠게 울었다. 그러면서 색이 변하고 있었다.

시뻘건 핏빛으로.

서문립은 겐죠가 지금까지 최선을 다하지 않았음을 깨달았다.

자신은 절정고수.

그런데 상대의 기세에 압도당하고 있었다.

겐죠가 입을 열었다.

"나와 혈검이 하나가 되면…… 세상은 피로 물들지."

서문립은 눈을 치켜떴다.

겐죠와 혈검이 하나로 느껴졌다.

말로만 듣던, 사람과 검이 하나가 된다는 신검합일(身劍合一)의 경지인가.

서문립의 안면 근육이 꿈틀거리며 경련을 일으켰다. 맹호대와 수호대의 무사들은 숨조차 쉬기 어려울 지경이었다.

어떻게 해도 저 괴물을 꺾을 수 없다는 본능이 머릿속을 채웠다.

서문립은 자신도 모르게 주춤거리며 뒤로 물러섰다. 그걸 본 겐죠가 눈살을 찌푸렸다.

"한심한 놈."

"……."

"네놈의 분타주는 고작 일 년 전에 칼을 잡았음에도 나와 당당히 맞섰거늘, 절정의 경지에 이른 네놈은 지금껏 피하기 급급하구나. 실(實)은 없고 형(形)만 이룬, 거짓 절정이로다."

겐죠가 혈검으로 서문립을 겨누며 말을 이었다.

"본무대에 왔으니 이제 너희들은 필요 없다."

그가 땅을 박찼다.

순간, 그의 신형이 화살처럼 뻗어 나가 서문립 앞에 당도했다.

쇄애애액.

거침없는 파공성과 떨어지는 붉은 칼.

거대한 바람이 사방으로 몰아쳤다. 서문립은 급히 칼을 들어 올리며 혈검을 마주쳤다.

쩌어엉!

여느 고함보다 더 커다란 쇳소리가 터지고, 서문립의 잇새로 신음이 터졌다.

"크으윽."

그리고 서문립의 신형은 충돌과 동시에 뒤로 튕기듯이

팽개쳐졌다. 그러고는 땅을 이리저리 굴렀다.

뇌려타곤이다.

피하기 어려운 위기 상황에서 땅바닥을 마구 구르는, 고수라면 부끄러워 결코 쓰지 않는다는 신법.

겐죠의 눈자위가 살기로 노랬다.

"이번에는 피하지 못한다."

그가 곧바로 서문립에게 달라붙었다. 그러자 맹호대와 수호대가 그를 구하기 위해 움직였다.

하지만 겐죠가 허공에서 몸을 비틀어 한 번 휘두르는 검에서 붉은 강기가 쏟아지자 맹호대와 수호대는 기겁하며 피했다.

그리고…… 일어서는 서문립의 머리 위로 겐죠의 칼이 떨어졌다.

슈가가각!

서문립은 속으로 너무 빠르다는 생각을 하며 칼을 치켜올렸다.

콰직!

서문립의 눈동자가 흔들렸다. 자신의 두개골에 박히는 겐죠의 혈검.

뭐랄까?

통증이 퍼져 나가기는 하는데, 그렇게 아프다는 느낌은 들지 않았다. 대신 그 자리를 허탈함이 채웠다.

파아아아.

뇌수가 사방으로 튀었다.

조금만, 자신의 칼이 아주 조금만 더 빨랐더라면…….

아니, 차라리 도망가지 않고 공세적으로 부딪쳤더라면…….

차아아아앗!

겐죠의 혈검이 아래로 하강했다. 그리고 서문립의 몸이 두 개로 갈라졌다.

쏴아아아.

허공으로 치솟는 피 분수.

맹호대와 수호대는 아연했다. 그리고 절망했다.

누군가가 실성한 듯 빽! 소리를 질렀다.

"어서 나와서 도와달라고!"

죽음의 공포에 잠식당한 그는 금방이라도 울음을 터트릴 것 같았다.

그렇다.

이것이 바로 전장이다.

약자는 잡아먹히고 강자의 포효가 지배하는, 자비와 인정은 찾아볼 수 없고, 힘과 포악함만이 날뛰는 세계!

그 세계에 서 있는 천류영은 어깨를 으쓱하며 방금 죽은 서문립을 물끄러미 보았다. 그러고는 차분하게 명을 내렸다.

"맹호대와 수호대는 뒤로 물러나 나를 호위하세요."

3

정파인들 중 최고수인 서문립이 이리 허무하게 당할 줄이야.

정말로 겐죠는 지금껏 본 실력을 드러내지 않았던 것이다. 아니면 정말 그의 말대로 서문립의 경지는 진정한 절정이 아니었던 것일까?

맹호대와 수호대는 천류영의 명에 따라 움직였다.

겐죠는 여전히 태연자약한 천류영을 보고는 혀를 내밀며 웃음을 터트렸다.

"크케케케케케, 역시 네놈은 다르구나. 배포 하나만큼은 인정하지 않을 수가 없어."

천류영은 그를 흘낏 보고 짧게 대꾸했다.

"고맙군."

그러고는 다시 다카시가 부리는 왜구를 막고 있는 정파인들에게 명을 내렸다.

"무령각 삼조, 우측으로 이동! 수호대 칠조, 앞으로 진격!"

무너지고 있는 전선을 보면서도 천류영은 한 치의 흔들림도 없는 표정이었다.

겐죠가 기가 막힌 얼굴로 쏘아붙였다.

"아직 희망을 보는가? 어리석은. 무너지는 건 시간문제다. 그걸 정녕 모르는가?"

천류영은 대꾸하지 않았다. 그저 전선을 보며 기계적으로 명을 하달할 뿐.

겐죠가 고개를 돌려 다카시를 향해 외쳤다.

"다카시! 잠깐 멈춰라!"

황당무계한 명령.

그러나 다카시는 곧바로 명에 따라 수하들의 공세를 중단시켰다.

그런 후, 겐죠가 천류영을 향해 으르렁거렸다.

"자, 이래도 나와 대화를 하지 않을 건가?"

천류영은 가볍게 한숨을 뱉고는 빙그레 미소 지었다.

"고맙군. 한숨 돌리게 해줘서."

"너는 내가 두렵지 않은가?"

피식.

천류영의 노골적인 실소에 겐죠의 검미가 꿈틀거렸다. 그러나 비릿한 미소를 머금고 말했다.

"나는 네 잔머리와 배포가 마음에 든다. 내게 복종을 맹세하면 살려주지. 그리고 금은보화와 수많은 미녀를 안겨주마."

천류영은 눈살을 찌푸렸다. 일 년 전, 비슷하면서도 전혀 다른 제안을 천마검에게 받았던 기억이 떠올랐다. 하지만 느낌이 이리 다를 수가!

"정말 역겹군."

"감히!"

"내가 쓰레기 같은 도적에게 목숨을 구걸할 거라고 여기는가?"

"도적이라니?"

"그럼 아닌가? 네가 왜국에서 잘나가던 대장군이었다는 풍문은 들었다. 하지만 지금 네 모습은 어떤가. 패잔병이 되어 남의 땅에 들어와 민초를 약탈하는 네가 도적이 아니면 뭔가. 재물을 약탈하고 인신매매에… 거기에 밥 먹듯 살인을 하는 네놈이 도적이 아니고 뭐란 말인가."

"나는 대일본국에서……."

천류영이 손을 들어 그의 말을 끊었다.

"어떤 대답도 듣지 않겠다. 너는 쓰레기다. 그게 진실이다."

다카시가 불쑥 끼어들었다.

"아무것도 알지 못하면서 함부로 말하지 마라. 그분께서 겪으신 고통과 외로움을……."

천류영은 검지로 귀를 후비며 인상을 썼다. 그러고는 그의 말을 끊었다.

"정말 웃긴 상황이군. 한창 싸우다가 지금 토론이라도

하자는 거냐? 전장이다. 싸우자. 덤벼라. 같잖은 변명으로 제 상처가 어쩌고저쩌고 질질 짜지 말란 말이다. 자신의 상처와 고통이 깊다고 타인을 괴롭혀? 그러니까 더 쓰레기 같잖아."

겐죠가 양 뺨을 부들부들 떨면서 입술을 깨물었다. 그는 목을 천천히 돌리고는 혀를 쭉 내밀었다.

방금 전, 혈검으로 살짝 베인지라 핏물이 밑으로 뚝뚝 떨어졌다.

"크케케케케, 잔재주와 배포가 마음에 들어 아량을 베풀어주려고 했더니. 그래, 네놈은 아주 비참하게 죽여주지. 약속하마."

천류영이 코웃음 쳤다.

"쓰레기의 약속 따위는 믿지 않아."

"그런데 말이지, 왜 매복한 네 수하들은 꼼짝도 하지 않지? 방금 내 칼을 보고 공포에 질렸나? 그래서 네놈을 구하러 올 엄두도 못 내는 걸지도. 크케케케케."

그는 웃음을 마치고 붉은 혀로 입술을 축였다. 그러고는 잔인하고 차가운 얼굴로 말했다.

"다카시, 모두 죽여라. 단, 무림서생, 저놈은 내가 죽인다."

겐죠는 그 말을 마치고 앞으로 성큼성큼 걸었다. 그리고 다시 왜구의 공격이 시작됐다.

　　　　*　　　　　*　　　　　*

　미우산에 있는 사파인들은 전서구를 받고 모두 격노했다. 감히 왜구 따위가 사오주 지부를 급습하다니!

　당장 내려가서 왜구를 도륙하자는 의견에 제동을 건 사람은 문상 야월화였다.

　바위에 앉아 있는 무상 손거문이 흥분한 얼굴로 말했다.

　"사매, 이런 모욕을 받고도 뭘 망설이는가."

　야월화가 담담하게 답했다.

　"저 앞쪽, 천풍산에 정파인들이 있습니다. 그들 다음에 움직여도 늦지 않아요. 먼저 움직이면 우리는 정파인보다 더 큰 피해를 감수해야 합니다."

　무서울 정도로 냉정한 판단에 사파인들은 감탄하면서도 자존심이 상했다. 흑수륵이 산 아래에서 벌어지고 있는 혈전을 보며 입을 열었다.

　"이미 정파인들은 많은 피해를 입었습니다. 항수 포구로 간 이천이 저것밖에 남지 않았습니다. 그러니 천풍산의 정파인들은 우리가 먼저 움직이기를 원할 겁니다. 물론 우리가 그들의 요구대로 움직일 필요는 없겠지만, 일시적으로라도 힘을 합쳐야 하는 상황이니 최소한의 성의는 보일 필요가 있다고 생각합니다."

그의 말에 야월화는 이맛살을 찌푸렸다. 손거문도 거듭 주장했다.

"무엇보다 무림서생이 죽으면 안 된다. 놈의 말대로 왜구가 우리 지부를 공격했어. 그건 우리 총타가 위험할 수도 있다는 뜻이지. 그는 우리가 모르는 뭔가를 확실히 알고 있고, 우린 그의 대답이 필요하다."

야월화는 한숨을 삼켰다.

사실 사형의 말이나 흑수륵의 말이 옳다는 것은 이미 알고 있다.

그런데 자꾸만 불길한 예감이 들었다. 자신의 이런 예감은 거의 틀리지 않으니, 더욱 공격에 나서는 게 꺼림칙했다.

지휘권을 가지고 있는 그녀가 침묵하자 손거문이 의아한 표정으로 바라보다가 말했다.

"사매, 뭘 망설이나? 내가 있다. 나 혼자서라도 저 왜구들을 쓸어버릴⋯⋯."

그는 말을 잇지 못하고 눈을 치켜떴다. 그러고는 벌떡 자리에서 일어났다.

아까부터 눈여겨봤던, 상당히 고강해 보였던 사내.

홀로 많은 정예를 상대하고 있는 그를 보면서 호승심을 느꼈다. 아니, 정확히 말하면 꺾어버리고 싶은 욕망이었다.

싱겁게 끝날 첫 출전이었는데, 그에 걸맞은 제물이 나타나서 기쁘기까지 했다.

그런데 그의 신형에서 방금과는 전혀 다른 기운이 뿜어져 나왔다. 그 기세가 얼마나 대단한지, 꽤 거리가 있는 이곳까지 똑똑히 느껴질 정도였다.

그리고 그의 칼에 한 사내의 신형이 두 쪽 났다.

손거문의 입에서 신음과도 같은 중얼거림이 흘러나왔다.

"절대고수군."

그의 말을 들은 사파인들의 눈이 화등잔만 해졌다.

흔들리던 손거문의 눈이 차차 자리를 잡았다. 그의 입가에 미소가 피어올랐다.

"후후후, 확실히 싱거운 싸움은 아니겠군."

그러나 야월화는 굳은 얼굴로 고개를 흔들었다.

계속 느껴지는 불길함 예감. 그것이 저 절대고수 때문일지도 모른다는 생각이 든 것이다.

그러나 이런 생각을 곧이곧대로 말하면 오히려 사형은 자존심에 상처를 입고 더 격렬하게 싸우겠다고 할 사람이다.

물론 평소의 사형이라면 믿고 맡기겠지만, 자신은 사형의 오른팔이 정상이 아니라는 것을 알고 있었다. 사형은 이미 완쾌했다고 거짓말을 하고 있지만.

"사형, 정파인들이 곧 나설 거예요. 그다음에요. 우리의 피해가 적을수록 좋아요. 왜구 다음에 정파를 제거할 생각도 하셔야지요."

손거문은 겐죠를 뚫어지게 보며 대꾸했다.

"절대고수는 한순간에 무림서생을 죽일 수도 있다. 그럼 우리는 그에게 들어야 할 얘기를 영영 못 듣게 될지도 몰라. 정파와의 충돌은 일단 보류다."

"……."

"사매, 어서 명을 내려라. 나는 우유부단하라고 네게 지휘권을 준 게 아니야."

야월화는 입술을 꾹 깨물고 침묵하다가 말했다.

"잠시만요, 잠시만."

"사매……."

"저를 믿고 조금만 더 기다려 주세요."

그녀가 간절히 말했고, 손거문의 표정은 점점 굳어졌다.

*　　　　*　　　　*

천풍산 아래로 이동한 정파인들은 숨을 죽이고 있었다. 방금 자신들이 목도한 광경이 워낙 충격적이었기에 그랬다.

서문립 맹호대주의 신형이 일검양단되는 장면.

누군가가 신음을 삼키고 중얼거렸다.

"절대……고수."

낮게 말했음에도 그의 혼잣말은 주변 사람들에게 천둥처럼 들렸다.

이건 재앙이었다.

한 시대에 한 명 있을까 말까 한 절대고수가 어째서 왜구에 있단 말인가.

독고설이 주먹을 부르르 떨며 흐느끼듯 말했다.

"분타주께서 위험해."

당장에라도 달려 나가야 한다.

그런데 아직도 사오주는 움직이지 않고 있다. 분명 문상 야월화가 우리보다 늦게 출진하려고 버티는 것이리라.

조전후가 초조한 목소리로 말했다.

"젠장, 낭왕께서 뭔가 실수한 거 아닐까? 왜 사오주가 움직이지를 않지?"

서언이 결연한 표정으로 끼어들었다.

"분타주를 구해야 합니다."

오성검 장로가 가쁘게 숨을 몰아쉬다가 대꾸했다.

"조금만, 조금만 더 기다려 보세. 우리가 먼저 나가면 분타주께서 꾸민 일이 마지막에 망가지는 거네."

독고설의 입가에서 핏물이 흘렀다. 너무 입술을 꽉 깨문 탓이었다.

그녀는 발을 동동 구르다가 깊은 한숨을 내쉬었다. 그러고는 오성검 장로를 보며 입을 열었다.

"장로님."

오성검 장로는 그제야 독고설의 입가로 흐르는 핏물을 보고는 안타까움에 말을 잇지 못했다.

독고설은 주변을 훑었다.

자신을 바라보는 사람들.

그녀는 그들을 향해 말했다.

"임시 사령관으로 첫 번째 명을 내리겠습니다."

모두가 침묵했다. 그리고 고개를 끄덕였다. 그녀의 입에서 어떤 명이 떨어지더라도 따르겠다는 결의가 눈빛과 표정에서 드러났다.

독고설의 명이 흘러나왔다.

"사오주가 내려오기 전까지 절대 움직이지 마세요. 분타주님의 꿈을 여러분이 계속 이어줘야 하잖아요."

조전후와 서언, 그리고 몇몇의 간부가 입술을 달싹였다. 그러나 독고설의 말이 먼저 이어졌다.

"그리고 마지막 명을 내리겠습니다."

"……?"

그녀는 오성검 장로를 향해 말했다.

"제 임시 사령관 자리, 장로님이 맡아주세요."

오성검 장로가 당황하며 눈을 치켜뜨는데, 독고설이 미소로 말했다.

"미안해요, 장로님."

"설아……. 분타주를 믿고 조금만 더 기다리자. 그분의 뜻대로 사오주가 먼저 움직일 거다."

그는 전장을 흘낏 보았다. 천류영과 겐죠의 대화가 진행 중이었다.

"설아, 보거라. 싸움이 멈췄다. 일단 한 고비는 넘긴 것 같구나."

"……."

"분타주의 말빨을 너도 알지? 뭔가 좋은 수를 내고 있는 게야. 그리고 곧 사오주도 내려올 테고. 그러니까 조바심을 버리고……."

그가 말을 멈추고 탄식을 흘렸다.

다시 왜구가 공격을 시작한 것이다.

특히 서문립을 두 쪽 내버린 절대고수가 무시무시한 기운을 뿜어내며 앞으로 움직였다. 그의 신형에서 흘러나오는 기세가 이곳까지 전해져 심장을 덜컥거리게 만들 지경이었다.

그리고…… 학살이 시작됐다. 그의 앞을 막는 맹호대와 수호대가 추풍낙엽처럼 무너져 내렸다.

독고설은 덜덜 떨었다. 금방이라도 저 괴물이 천류영의 몸에 칼을 들이밀 것만 같았다.

"장로님."

"……."

"제 마지막 명대로 임시 사령관을 맡아주세요."

독고설의 발이 앞으로 나갔다. 오성검 장로가 그녀의 팔을 붙잡고 고개를 저었다.

"안 된다."

독고설의 눈에는 습막이 차 있었다.

"장로님, 나는…… 저 사람 없으면 안 돼요. 아시잖아요."

그 말과 함께 독고설이 오성검 장로의 손을 뿌리쳤다. 그러고는 산 밖으로 뛰어나갔다.

경공술로 달리는 그녀의 뒷모습을 보며 서언이 오성검 장로에게 말했다.

"장로님, 아니, 임시 사령관님."

"……."

"검봉, 혼자서는 무립니다. 저자를 막을 수 없습니다. 죄송하지만 항명의 죄를 짓겠습니다."

조전후도 말했다.

"저 나갑니다. 말리지 마세요. 제 성질 아시죠?"

거의 동시에 수많은 간부들이 일어나 말했다.

"가겠습니다."

"보내주십시오."

"분타주께서 위험하십니다."

오성검 장로는 그들을 보고는 쓰게 웃었다. 그리고 성을 냈다.

"나는 지금 괜찮은 줄 아나? 내 가슴도 찢어지네. 하지만…… 우리 모두가 잘못되면…… 분타주님의 꿈은 누가 이어받나? 지금까지 분타주께서 이루신 것들이 모두 수포로 돌아갈 수 있다는 것을 모르는가?"

모두가 당황해 말문이 막힌 가운데 서언이 나서서 외치듯 대꾸했다.

"어차피 분타주님이 없으면 불가능한 꿈입니다!"

"……!"

"저분께서는 스스로의 가치를 아직도 제대로 모르세요. 하늘이 내리신 분입니다. 나는 저분이 패왕의 별이라고 믿습니다."

그의 말에 사람들이 놀라 눈을 부릅떴다.

자신들도 천류영을 향해 무한한 존경심을 가지고 있었다. 그러나 한 번도 그가 패왕의 별이라고는 생각해 본 적이 없었다.

아마도 그건…… 강하지가 않아서일 것이다.

무림인에게 무공의 강함은 절대적인 요소니까.

서언이 입술을 깨물고 말했다.

"제가 본 그 어떤 이보다 강한 분이 분타주십니다. 지금도 저 절대고수 앞에서 당당하게 버티고 계신 분이 바로 저분입니다. 권력과 불의, 그리고 힘에 굴복하거나 타협하지 않는 분이십니다."

"……."

"저분은…… 우리들 한 명, 한 명의 목숨이 귀하다고, 뒤로 물러나 있으라고 하면서…… 저렇게 당신의 목숨은 앞에 내놓고 있는 분입니다. 나는…… 저분보다 더 강한 사람을 본 적이 없고, 저분보다 더 뜨거운 사람을 만난 적이 없습니다. 내가 저분을 지키지 못한다면 죽어서도 후회할 겁니다."

사람들의 눈시울이 뜨거워졌다. 그들의 심장이 거칠게 박동쳤다.

서언은 오성검 장로를 직시하며 말했다.

"막으셔도 가겠습니다."

그가 발을 앞으로 내디뎠다. 그와 동시에 거의 모든 이들이 움직였다.

그러자 오성검 장로가 빽! 소리를 질렀다.

"모두 항명하는 건가? 이건 천류영 분타주님이 내린 명이네! 분타주님께 항명하는 거란 말일세!"

조전후가 심드렁한 어조로 말했다.

"항명합니다. 생각해 보니 패왕의 별 자리, 천 공자라면 양보할 수 있을 것 같아요. 쩝, 조금 아쉽긴 하지만. 크허허허."

오성검이 혀를 차며 고개를 저었다. 그러고는 쓴웃음을 깨물었다.

"허, 절대고수를 보고도 두려워하지 않는 사람들이라니. 허허허, 이런 용맹한 협객들을 어찌 모두 죄인으로 만들 수 있겠나? 책임은 한 명이 물면 되지."

"……?"

오성검 장로가 등허리를 꼿꼿이 폈다. 그러고는 내공을 실어 외쳤다.

"임시 사령관으로서 명하네! 전군! 분타주님을 구하라!"

그러고는 누구보다 먼저 뛰어나갔다.

그 모습에 서로가 서로를 보며 당황해하다가 이내 미소 지었다.

왜구에는 절대고수가 있다. 어쩌면 자신은 일 초식도 받지 못하고 죽게 되리라. 그런데 이상하게 하나도 두렵지 않았다.

오로지 생각나는 건, 반드시 분타주는 지킨다!

죽어서라도!

나는 무사다!

"와아아아아!"

"가자아아아아!"

고함이 봇물처럼 터졌다.

그리고 정파인들이 물밀듯이 평야로 쏟아져 나왔다.

누군가가 천류영을 향해 소리 질렀다.

"분타주님! 항명해 죄송합니다!"

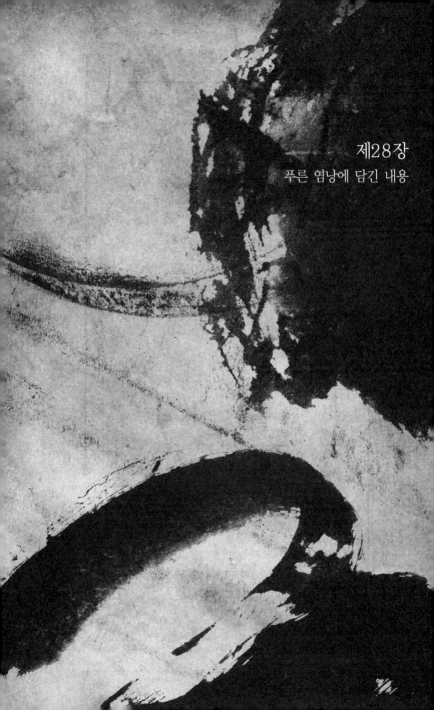

제28장
푸른 염낭에 담긴 내용

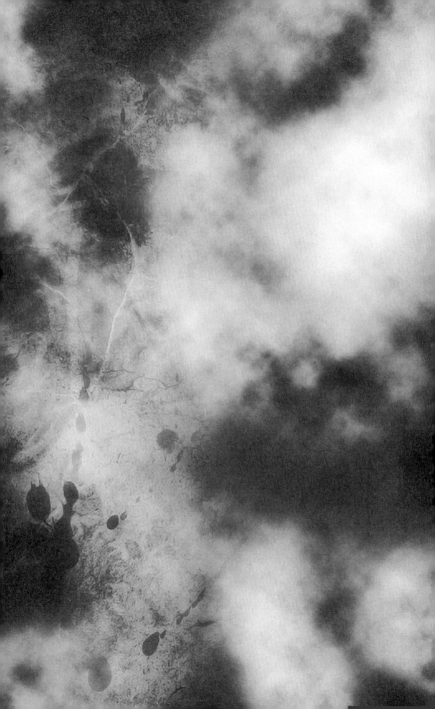

1

태양이 조금씩 서녘 하늘로 기울어가는 시간.

휙휙.

바람이 낭왕 방야철의 뺨을 스치며 지나갔다.

왜구를 이끌고 사오주 절강 지부를 급습한 그는 혼전의 와중에 전각 뒤 담벼락으로 이동해 몰래 빠져나왔다.

그렇게 홀로 몸을 빼낸 그는 멀찍이 숨어서 대기하고 있던 독고세가의 검풍대와 합류해 달리는 중이었다.

그들은 어느새 항수 포구에 접근했고 저 멀리 백사장에서 진을 치고 있는 왜구가 시야에 들어왔다.

독고포 검풍대주의 이맛살이 찌푸려졌다.

"배를 지키는 인원치고는 생각보다 많군요."

자신들보다 족히 열 배는 되어 보이는 인원.

천류영의 속임수에 당한 겐죠와 다카시는 사전 계획보다 배를 지키는 인원을 두 배로 증강시켰던 것이다.

달리는 검풍대원들의 표정에 긴장감이 피어났다. 그러나 방야철은 싱긋 웃으며 격려했다.

"걱정 마시오. 전투에서 빠져 배나 지키는 녀석들이니까."

왜구 중 약졸이라는 뜻이다. 물론 그들을 이끄는 몇몇 장수들은 고수일 터다. 하지만 그 누구도 낭왕의 칼을 막을 수는 없으리라.

독고포가 동의하며 말을 받았다.

"대협께서 기선을 제압해 주신다면 한층 수월한 전투가 될 겁니다."

"하하하, 분타주도 모자라 그대까지 나를 부려먹으려는 것이오?"

그의 농에 독고포가 계면쩍은 미소를 머금었다. 그러다 심각한 표정으로 돌변해 입을 열었다.

"낭왕 대협, 사실 궁금한 것이 있습니다."

방야철이 고개를 주억거리며 말을 받았다.

"알 것 같군요. 사오주 지부에 남아 있는 왜구를 말하는 거겠지요?"

"예. 해독약을 위해서라도 치열하게 싸우겠지만, 중과부적인 것을 알게 되면 항복하는 놈들이 나올 겁니다."

"그렇겠지요."

"그들이 진실을 실토하면 어찌 되는 겁니까? 사파인들이 우리가 시킨 것을 알게 되면⋯⋯."

방야철은 그의 말허리를 끊었다.

"저도 걱정이 되지 않는 건 아닙니다. 하지만 지금은 분타주를 믿고 나가는 게 중요하다 생각됩니다."

"그건 그렇지만, 계속 찜찜해서⋯⋯."

"천하의 무림서생이 아닙니까? 뒷수습도 다 생각해 두었을 겁니다."

"⋯⋯."

"일단은 지금 저 앞에 있는 왜구를 얼마나 빨리 해치우느냐부터⋯⋯."

방야철은 말꼬리를 잇지 못하고 눈을 치켜떴다. 그뿐만 아니라 검풍대도 놀랐다.

진을 치고 조용히 대기하던 왜구들. 그들은 자신들이 다가오는 것을 알아채고 모두 칼을 뽑아 들었다.

물론 그것이 놀라운 것이 아니다. 당연한 것이니까.

문제는 갑자기 왜구의 후위에서 싸움이 일어났다는 것이다.

독고포는 달리는 속도를 줄이려다가 낭왕이 더 빠르게

뛰자 어쩔 수 없이 따라붙으며 외쳤다.

"분열입니까, 아니면 우리 말고 또 다른 누군가가 있는 겁니까?"

절정을 넘어서 초절정에 들어선 낭왕의 안력에 기댄 독고포의 질문. 그러나 낭왕은 의아한 얼굴로 답했다.

"모르겠군요. 방금 포구에 작은 배가 하나 들어왔고, 누군가 한 명 내리는 것 같았는데……."

"……."

독고포는 말문이 막혔다.

설마 그 한 명이 수백여 왜구에게 싸움을 걸었던 말인가, 아니면 그 반대일까?

어찌 되었든 놀라운 장면이 저 앞에서 펼쳐지고 있었다.

그 한 명으로 인해 왜구의 진이 흔들리고 있었다!

낭왕은 더 속도를 끌어 올리는 동시에 눈에 더욱 힘을 주었다. 허공으로 몸을 살짝 띄우기도 했다. 그리고 터져 나오는 웃음.

"으하하하하!"

그의 웃음이 허공을 쩌렁쩌렁 울렸다. 독고포가 급히 따라붙으며 물었다.

"왜 웃으십니까?"

"말총머리!"

"예?"

"풍운! 풍운입니다!"

"……!"

전혀 예상하지 못했던 인물이 낭왕의 입에서 흘러나왔다. 독고포는 아연한 얼굴로 부르르 떨었다.

"설마 분타주는 지금껏 풍운 소협을 숨겨두었단 말입니까?"

엉뚱한 생각이었다. 그러나 천류영이라면 그럴 수도 있겠다는 생각이 들었다.

어쨌든 중요한 건, 엄청난 고수가 자신들에게 합류했다는 것이다.

생각보다 많은 왜구에 긴장했던 검풍대원들이 함성을 질렀다.

"우와아아아아!"

달리는 정파인들의 기세가 더욱 뜨거워졌다.

낭왕과 풍운.

이 두 명의 고수가 함께 있는데 두려울 것이 무엇이랴.

방야철이 경공을 최대로 끌어 올려 앞으로 훌쩍 치고 나갔다. 그의 입에서 내공을 실은 고함이 터졌다.

"풍운 소협! 내 몫은 남겨두게! 으하하하핫!"

칼을 휘두르는 와중에도 그 말을 들은 풍운이 환하게 웃었다.

사천에서 전우였던, 그리운 사람의 목소리.

"낭왕 대협이십니까?"

"그래, 풍운 소협. 오랜만이네."

한편, 둘의 짧은 대화를 해석할 수 있는 왜구들은 절망에 빠졌다.

사천의 영웅들 중 무인으로 가장 유명세를 탔던 두 명의 절정고수. 아니, 절정을 넘어섰다고 여겨지는 괴물 두 명이 이곳에 나타나다니!

두려움에 질려 전의를 상실하는 이들이 속출했다. 그런 왜구들에게 방야철이 짓쳐 들었다.

째애애애앵!

요란한 칼 소리가 일었다. 그리고 피 보라와 함께 비명이 난무했다.

"으아아악!"

"꺼으으윽!"

방야철이 미소를 머금었다. 역시 손맛은 익숙하지 않은 왜검보다 애도인 박도가 최고였다.

촤라라라라.

그의 신형이 빙글 돌며 칼이 춤췄다. 그 무서울 정도로 빠르고 위협적인 움직임에 왜구들은 감히 맞설 생각을 하지 못했다.

또다시 울리는 비명.

그리고 검풍대가 들이닥쳤다.

"와아아아!"

"쓸어버려라!"

"한 놈도 살려두지 마라."

기세등등한 검풍대의 전진을 누구도 막지 못했다. 어쩌면 그건 이곳에 남아 있던 왜구의 최고 간부가 풍운에 의해 허망하게 죽어버린 탓인지도 몰랐다.

슈라라라락!

풍운의 칼은 소리만 일 뿐, 눈으로 보이지도 않았다. 잔상조차 흐릿했다.

그의 검이 돌고 돌았고, 나아가고 베었다. 그 검격 안에 있는 왜구들이 속절없이 쓰러졌다.

오백여 왜구가 힘 한 번 써보지 못하고 붕괴에 빠져들었다. 도망자들이 나왔고, 그 뒤를 따라 뛰는 왜구가 급격하게 불어났다.

그들도 안 것이다.

저들을 잠시라도 막을 고수가 없는 이상 싸워봐야 개죽음이라는 것을.

그리고 마침내 풍운과 방야철이 만났다. 방야철이 물었다.

"분타주가 지시한 건가?"

해후의 인사보다 궁금증이 먼저였다.

풍운은 쉼 없이 칼을 휘두르면서도 한 치의 흐트러짐 없는 호흡으로 대꾸했다.

"아뇨. 그냥 천류영 형님이 보고 싶어서 왔는데……."

방야철은 뒷말은 듣지 않아도 짐작하겠다는 표정으로 말을 끊었다.

"그럼 먼저 가게."

"예?"

"저 길을 따라가게. 싸우면서 이동했으니, 흔적만 쫓으면 될 것이네."

"하지만 여기는요?"

풍운의 물음에 방야철은 쓴웃음을 깨물었다.

"사실상 끝난 싸움이 아닌가. 이곳의 뒷정리는 내게 맡기고, 만에 하나라도 분타주께 위험이……."

방야철은 말을 끝맺지 못하고 눈살을 찌푸렸다.

엄청난 풍압이 자신을 덮친 것이다. 그 뒤로 흙먼지도.

풍운이 땅을 차더니 섬전처럼 뻗어 나갔다. 사방이 적인 데도 불구하고 풍운은 아랑곳하지 않고 직선으로 움직였다.

충돌은 없었다.

그가 지나간 길 뒤로 흙먼지 바람과 함께 단말마, 그리고 피 보라가 허공으로 흩날렸다.

적지 않은 왜구들은 자신들이 왜, 그리고 어떻게 죽는

지도 모르고 허물어졌다.

그 모습에 방야철은 신음을 삼키며 고개를 절레절레 저었다.

"더…… 강해졌군."

자신도 지난 일 년, 그 어느 때보다 치열하게 살았다. 무적검 한추광과 목숨을 건 비무를 얼마나 많이 했던가.

그런데 풍운은 더 훌쩍 성장해 있었다. 괜히 한숨이 흘러나왔다.

"풍운…… 정말 무공 천재가 있긴 하군."

다른 사람들이 들었으면 이런 방야철을 보며 절망했을 것이다. 낭왕, 그 자신도 누구에게도 뒤지지 않는 괴물이면서.

방야철의 미간이 일그러졌다. 동시에 움직이는 박도.

서걱.

낭왕이 한눈을 팔고 있다고 생각한 왜구가 기습을 하다가 그대로 목이 잘려 나갔다.

"감히 어르신이 생각하는데 끼어들다니!"

그의 박도가 다시 움직였다. 방금보다 훨씬 더 빠르고 강하게. 그건 마치 풍운의 칼과 움직임을 보고 호승심을 느낀 것처럼도 보였다.

＊   ＊   ＊

"으어어어어······."

맹호대와 수호대의 눈이 공포에 잠겼다. 아니, 왜구와 맞서는 정파인들은 숨조차 제대로 쉬지 못했다.

혈검을 꺼내 서문립을 두 쪽 내버린 왜구 총대장 겐죠.

절대강자인 그가 마침내 진신의 힘을 끌어내자 상상조차 못했던 압도적인 기운이 전장에 드리워졌다.

쇄애애액.

겐죠의 혈검이 허공을 찢었다. 하나 찢기는 건 허공뿐만이 아니었다.

"으아아악!"

"괴물이다, 괴물······."

그의 앞에 있던 정파인들이 속수무책으로 무너졌다. 목이 잘리고 팔다리가 날아갔다. 배가 찢어져 내장이 피와 함께 쏟아져 내렸다.

겐죠의 주변으로 혈우(血雨)가 내렸다. 그렇게 피 칠갑을 한 겐죠는 지옥에서 올라온 야차보다 더 흉측하고 기괴했으며 공포스러웠다.

정파인들의 머리에 공황이 찾아왔다.

천류영이 침착하라고 지르는 악다구니도 이명처럼 윙윙거리며 아스라이 들렸다.

천류영 앞을 지키던 맹호대와 수호대만 무너진 것이 아

니라 다카시가 지휘하는 왜구들도 정파인들을 삼키며 전진했다.

파도에 모래성이 허물어지는 것처럼 그렇게 정파인들의 최전선은 붕괴되어 갔다. 그리고 이선, 삼선의 정파인들도 채 힘을 쓰지도 못하고 허물어졌다.

쨍쨍쨍!

"으아아악!"

쇳소리, 그리고 정파인들의 비명.

"와아아아아!"

살기가 번지르르한 왜구들의 함성.

마침내 탈주자가 생겼다. 오른쪽으로, 왼쪽으로, 그리고 뒤로 도망가는 정파인들.

천류영은 입을 다물고 어금니를 깨물었다. 더 이상의 지시는 무의미하다는 것을 알았다.

그리고 또 한 가지를 깨달았다.

전장에서 절대고수의 무위는 어떤 신묘한 계책도 무용지물로 만들 수 있음을.

천류영은 한차례 심호흡을 했다.

겐죠가 서슬 퍼런 눈으로 가끔 자신을 보며 미소를 머금었다. 그는 당장에라도 천류영 앞으로 다가올 수 있었다.

그러나 그렇게 하지 않았다.

보고 싶은 것이다.

건방진 천류영이 두려움에 잠식되어서 스스로 무너지는 모습을.

천류영은 가슴 밑에서 올라오는 초조함을 지우기 위해 한차례 더 심호흡을 했다.

그는 검집에 넣었던 검을 다시 꺼내 들었다. 그리고 점점 다가오는 겐죠를 노려보며 생각했다.

'문상 야월화, 정말 나를 포기한 건가? 평범한 책사라도 나를 구하기 위해 진즉 공격령을 내렸을 터인데…….'

그 순간, 천류영의 뇌리로 백운회가 한 말이 스쳤다.

야월화는 심안을 타고난 여인이라는 말.

혹시 그녀는 어떤 불길한 예감에 사로잡혀 지금 정상적인 판단을 하지 못하고 있는 건가?

겐죠가 마침내 마지막 저항선에 당도했다. 이제 곧 놈은 자신에게 들이닥칠 것이다.

천류영은 자꾸 쓴웃음이 흘러나왔지만, 그래도 결국 사오주는 내려올 수밖에 없으리라고 믿었다.

그때까지 포기하지 않는다!

그녀에게 약속했으니까. 살기 위해 최선을 다해 노력하겠다고.

천류영은 칼을 곧추세웠다.

그때, 그의 눈동자가 흔들렸다.

아주 익숙한 목소리가 전장에서 이는 고함과 비명을 뚫고 귀에 와 박혔다.

"천 공자아아아아!"

천류영의 몸이 파르르 흔들렸다.

이 전장에서 자신이 죽을 수도 있다는 것을 알고 있었다. 하지만 반드시 그녀만은 지키겠다고 오래전에 스스로 다짐했다. 그녀의 동생에게까지 약속했다.

그 여인의 목소리다.

독고설.

그녀가 달려오고 있었다.

그리고 마침내 겐죠를 막던 최후의 저지선마저 붕괴됐다.

"으아아악!"

수호대의 삼조장이 비명과 함께 쓰러지고, 겐죠가 긴 혀를 내밀었다.

"무림서생, 이젠 네 차례다. 크케케케케."

잔인한 웃음소리.

천류영은 이를 악물었다. 독고설의 경공이 믿을 수 없을 만큼 빨랐다.

이대로라면 그녀가 위험하다!

그때, 천풍산에서 함성이 일었다.

노도와 같이 쏟아져 나오는 정파인들.

천류영은 자신도 모르게 탄식을 흘렸다.

"아······."

그렇게 신신당부했건만.

천류영은 입술을 깨물었다.

그리고 깨달았다.

천풍산에서 달려 나오는 정파인들이 지금 자신을 어떻게 생각하는지.

"바보 같은 사람들······."

이로써 자신이 세운 계책의 마지막이 엉망이 되어버렸다. 그러나 천류영은······ 그들을 탓할 수가 없었다.

이건 자신의 실수였다. 오판이었다.

그럼에도 코끝이 찡하고 가슴이 울컥했다.

한편, 다카시가 이끄는 왜구과 맞서 싸우던, 얼마 안 남은 정파인들은 뒤늦게나마 지원군이 달려오자 마지막 힘을 쥐어짰다.

"버텨라! 조금만 더!"

"지원군이 오고······ 으아아악!"

그리고······ 마침내 미우산에서도 거대한 함성이 터져 나왔다.

버티던 야월화도 결국 공격령을 내렸다.

"사오주의 힘을 보여라! 사파의 힘이 천하제일임을 저들에게 각인시켜라!"

꽤 심후한 공력을 실은 그녀의 고함이 우르릉거리며 퍼져 나갔다.

일방적으로 흐르던 전장이 다시 후끈 달아오르기 시작했다.

왜구들은 양쪽 산에서 쏟아져 나오는 사람들을 보았지만 당황하지 않았다. 이미 다카시로부터 그럴 것이라고 전해 들었으니까.

그러나 정작 다카시는 당황하고 있었다.

"사오주?"

그의 곁에 있는 신이치도 눈살을 찌푸리며 말했다.

"그렇게 엄청난 황금을 담보했건만……."

이들은 사오주의 신임 지부장이 사오주의 희망인 무상 손거문임을 알지 못했다. 동시에 천류영이 이틀 전 사오주에 접근했던 것도.

그것이 오판을 불러왔다.

신이치가 초조한 목소리로 다카시에게 물었다.

"어떻게 합니까?"

다카시는 좌우를 번갈아 보다가 이내 시선을 겐죠에게 두었다. 그러자 찡그렸던 그의 이맛살이 펴졌다.

"우리에겐 겐죠님이 계시다."

"……."

"일단 수비로 전환한다. 잠시만 막으면 겐죠님께서 돌

파구를 만들어주실 것이다."

다카시의 말에 신이치가 눈을 빛내며 고개를 끄덕였다.

절대고수가 수장을 꺾으면 상대의 사기는 급전직하한다. 바로 그때, 공세로 전환하면 승산은 충분하다. 아니, 압도적인 승리를 쟁취할 수도 있음이다.

다카시가 명을 내렸다.

"전군, 원진(圓陣)으로!"

군사를 원형으로 집결시키는 진형으로, 너른 지역에서 사방의 적과 부딪칠 때 자주 쓰이는 진이다.

그의 명령에 왜구들이 찰나 당황했다.

애초의 계획은 두 부대로 나누는 것이었다.

그러나 그들은 단순한 무인 집단이 아닌 군 경험을 가진 이들이었다. 그렇기에 계획과 다른 다카시의 명에도 흔들림 없이 원진을 형성해 나갔다.

한편, 겐죠도 사오주의 개입에 미간을 찌푸렸다. 그러나 어깨를 으쓱하고 다시 천류영을 직시했다.

"너냐, 사오주를 끌어들인 게?"

"그렇다."

"역시 탐나는 놈이란 말이지. 하지만 네 눈을 보면 알수 있지, 꺾일지언정 구부러지 않을 놈임을."

"……."

"약속대로 비참하게 죽여주마. 크케케케케."

순간, 겐죠가 자리에서 사라졌다. 그리고 천류영의 앞에 나타났다.

천류영은 순간 시야를 가득 메우는 붉은빛에 흠칫 놀랐다.

일 합이다.

그런데 수십, 아니, 수백여 개의 검이 자신에게 쏟아져 내렸다.

아직 당도하지 못한 독고설의 절박한 외침이 아스라이 들렸다.

"안 돼애애애애!"

붉은 검광이 천류영을 삼켰다.

2

"제길!"

손거문은 자신도 모르게 욕설을 뱉었다.

무림서생은 반드시 살려야 한다. 그놈에게서 반드시 들어야 할 정보가 있으니까.

그러나…… 늦었다.

야월화의, 정파 다음에 움직이자는 간절한 부탁을 결국 뿌리치지 못한 것이 이런 화를 자초하고 만 것이다.

그러나 이내 손거문의 눈이 휘둥그레졌다.

붉은 검광에 삼켜진 무림서생.

그 붉은 빛무리 속에서 한 줄기 맑은 철음이 터졌다.

쩡!

아주 짧은 찰나의 시간.

전장이 정적에 잠겼다.

모두가 무림서생의 최후를 의심하지 않았다. 그리고 그의 마지막에 이목이 집중되는 것은 당연지사였다.

어차피 왜구들이 원진을 갖추느라 싸움은 일시 중단된 상황이었으니까.

그 찰나의 순간이 번개처럼 흐르고, 천류영의 신형이 붕 떠서 뒤로 날아갔다. 그리고 땅에 떨어져 데굴데굴 구르다가 벌떡 일어났다.

손거문이 숨을 들이켜며 중얼거렸다.

"막았어? 무림서생이 절대고수의 일격을?"

그건 자신이 보아도 대단한 공격이었다.

수백여 개의 검영.

물론 실초는 하나다.

그러나 다른 수백 개의 허초도 실초와 다름없었다. 왜냐하면 그 짧은 시간에 진검을 찾아내는 건 사실상 불가능하니까.

그런데 그걸 지금 일 년 전에 무공에 입문했다는 천류영이 찾아내 막은 것이다.

상식적으로 이해 불가였다. 하지만 지금 의문은 접어두어야 한다. 무림서생을 살려야 하니까.

잠시 멈췄던 그가 다시 달리면서 속으로 외쳤다.

'무림서생, 조금만 더 막고 버텨라! 그럼 네놈을 내가 살려주마.'

그러나 그도 알고 있었다. 그것이 얼마나 얼토당토않은 바람인지. 하지만 지금은 그렇게 기원할 수밖에 없었다.

겐죠의 양 뺨이 부들부들 떨렸다. 그는 천류영을 향해 성큼성큼 걸으며 이를 갈다가 말했다.

"또…… 막았구나, 애송이."

천류영은 정신이 하나도 없었다. 내기가 진탕하며 날뛰었다. 토악질이 나올 것 같았다. 몸의 근육은 부들부들 떨렸다.

그러나 세차게 고개를 흔든 천류영은 아직도 놓지 않고 있는 검을 앞으로 세웠다. 입에 가득 고인 핏물을 뱉고는 외치듯 물었다.

"네 검을 두 번이나 막았는데도 애송이란 건가?"

천류영은 질문을 던지면서 미소를 머금었다.

풍운의 할아버지가 자신에게 몇 번 보여주었던 공격과 비슷했다. 역시 지옥 같던 그 수련은 헛된 것이 아니었다. 어쨌든 당시 그 공격을 막아내지 못해 연신 기절했지만,

지금은 막아냈다.

겐죠의 얼굴이 흉신악살처럼 변해갔다. 그러나 그의 입가엔 미소가 어렸다.

잔인한 비소가.

"크케케케, 그렇군. 인정하마. 너는 풋내기가 아니다."

그는 혈검을 머리 위로 들어 올리며 말을 이었다.

"이번에도 내 검을 막아낸다면 차라리 내가 할복하고 말겠다."

순간, 천류영은 느꼈다.

상상도 하기 어려울 정도로 무지막지한 무형지기가 그의 신형에서 뿜어져 나오고 있음을.

겐죠의 몸과 혈검에서 붉은 안개가 피어났다.

그 기운은 자신의 몸을 거미줄처럼 칭칭 얽어맸다. 평소라면 어떻게든 빠져나오려고 애를 써보았겠지만, 지금은 그럴 기력이 거의 남아 있지 않았다. 아니, 평소였다고 해도 벗어나는 건 불가능할 것 같다는 생각이 뇌리를 스쳤다.

'여기까지인가?'

하지만 천류영은 포기하지 않았다. 진탕된 내기로 인해 공력을 쓰는 건 사실상 불가능했다.

그러나 그의 정신만큼은 또렷해졌다.

문득 예전 사천에서의 기억이 떠올랐다.

초지명 흑랑대주가 자신을 향해 달려들었던 때.

그때, 자신은 창공의 태양을 보며 기원했다.

마지막 순간만이라도 자신이 빛나는 모습이기를.

지금도 마찬가지였다.

두려움에 질려 죽는 것만큼은 사양이다.

자신이 절대고수인 겐죠의 검을 기적적으로 두 번이나 막아낼 수 있었던 것은 피하지 않았기 때문이다.

당당히 맞서서 모든 것을 던졌기 때문에 가능했던 것이다.

서문립처럼 죽지 않으리라.

겐죠는 혈검과 하나가 되었다.

신검합일.

그의 반 장 내 주변이 온통 핏빛 연무로 가득했다.

절대고수인 그가 고작 천류영을 상대하기 위해 가진바 내공을 모조리 끌어내고 있는 것이다.

그리고 그가 다가왔다.

긴 시간이 흐른 것 같지만, 사실 이 모든 것은 순식간에 이뤄지고 있었다.

천류영은 쓴 미소를 깨물었다.

직감했다.

이건 어떻게 해도 못 막는다는 것을. 사람의 의지가 아무리 강철 같아도 어쩔 수가 없는 것이 존재한다는 것을.

떨어진다.

붉은 안개에 숨은 겐죠의 혈검이 천천히 떨어지고 있음을 천류영은 느꼈다.

이번 공격은 첫 번째처럼 빠르지도 않고, 두 번째처럼 변화무쌍하지도 않았다.

만검(慢劍).

말 그대로 느린 검이다.

내려오는 속도가 너무 느려 답답하다는 생각마저 들 지경이었다.

그러나 절대고수의 만검은 어떤 쾌검보다 무섭다.

왜냐하면 주변의 모든 것을 빨아들이기 때문이다.

천류영은 세상이 겐죠의 검에 따라 천천히 움직인다고 느꼈다.

부드러운 미풍이 귓가를 간지럽혔다. 공기를 부유하는 피비린내가 코를 괴롭혔다. 햇살이 부드러우면서도 따끔거렸다.

또 다른 세상.

천류영은 자신도 모르게 탄성을 뱉으려 했다.

절대고수는 이런 세상을 창조할 수도 있구나!

그러나 탄성은 흘러나오지 않았다. 입술이 움직이지 않았다. 지금 천류영은 겐죠의 만검이 만들어낸 세상에 흡수되어서 꼼짝조차 할 수 없었다.

그렇게 죽음이 다가오는 동시에 다른 것도 찾아들었다.

무공의 깨달음.

절대고수의 쾌검은 인식조차 할 수 없이 빨리 지나갔지만, 만검은 찰나의 순간에 수많은 것을 천류영으로 하여금 느끼게 했다.

빠름, 변화, 그리고 느림…….

가볍고 무겁고, 그리고 다양하고.

그것은 결국 하나의 흐름에 담겼다.

천마검이 말했다.

결국은 흐름이 가장 중요하다.

따뜻하고 덥고 시원하고 추운 사계절은 각각 다르지만, 하나의 흐름인 시간에 따라 움직인다.

만류귀종(萬流歸宗).

세상에 존재하는 모든 것은 결국 하나에서 시작해 하나로 끝난다.

절정 혹은 초절정에 다다라야 체득할 수 있는 깨달음을 지금 이류와 일류 사이에 있는 천류영이 느끼고 있었다.

그건 마치 작은 그릇에 엄청난 물이 쏟아지는 것과 같았다.

천류영의 신형이 부르르 떨렸다.

머릿속이 곤죽처럼 되며 뒤엉켰다.

알 수도 없는 막연한 초식들이 제멋대로 머리 안에서

그려졌다.

하지만 영웅들의 이야기책에 나오는 것처럼, 그 깨달음이 바로 자신을 강하게 만들어주진 않았다.

현실에선 죽음뿐.

그렇게 내려오던 겐죠의 만검이 갑자기 방향을 틀었다.

쩌어어어엉!

강렬한 쇳소리.

그리고 천류영이 느끼던, 마치 죽기 전에 나타난다는, 주마등 같은 시간이 깨졌다.

느리게 움직이던 시공간이 다시 원래대로 돌아왔다.

사방에서 들끓는 함성.

그리고 그 함성을 뚫고 귀에 박히는 목소리.

"피해요!"

독고설이다.

그녀가 절체절명의 마지막 순간 끼어든 것이다.

그러나 천류영의 의식은 아직 만검의 세상에서 완전히 빠져나오지 못했다.

그 강렬하고 어마어마한 기운의 그림자가 천류영의 의식을 아직 붙잡고 놓아주지 않았다.

"제발!"

독고설이 흐느끼듯 소리를 질렀다.

천류영의 풀린 눈이 천천히 움직였다. 그리고 벼락을

맞은 듯 그의 신형이 흔들렸다.

독고설이 겐죠와 싸우고 있었다.

절대고수인 겐죠와.

쩡쩡쩡, 째앵, 쨍쨍쨍!

대체 몇 합이나 겨룬 걸까?

그녀가 입고 있는 옷 여기저기에서 핏줄기가 솟구쳤다.

천류영은 그제야 완전히 깨어났다.

"으아아아아아!"

천류영은 소리를 지르며 앞으로 움직였다.

그녀만은 살리려고 했는데.

독고설은 겐죠만을 쏘아보며 미친 듯이 칼을 휘둘렀다.
그녀가 가진 모든 공력을 단숨에 폭발시키고 있었다.

단전이 터져 버려도 좋다.

이 순간, 천류영을 살릴 수만 있다면.

아니, 그가 몸을 빼낼 때까지 자신이 버틸 수만 있다면
죽어도 좋다.

약속했으니까. 그를 자신이 지켜주겠다고.

그렇게 짧은 순간에 수십여 초가 벼락처럼 흘러갔고,
그녀의 옷은 피로 축축해졌다.

그리고 겐죠의 혈검이 그녀의 칼을 쳐내고 심장에 짓쳐
들었다.

겐죠의 눈동자가 또 흔들렸다.

방금 무림서생을 죽이려는 순간, 자신도 믿기 어려울 정도로 빠른 경공을 폭발시킨 계집이 방해했을 때와 마찬가지였다.

눈앞의 상대를 죽일 수는 있다.

그러나 그 순간, 방해꾼으로 인해 자신도 부상을 피할 수 없었다.

방금 전은 계집이더니, 이번에는 빌어먹을 무림서생이다. 놈은 어떻게 알았는지 자신의 완벽한 공세 중 유일하게 드러난 허점인 옆구리를 향해 검을 들이밀었다.

"칙쇼(젠장)!"

결국 겐죠는 독고설의 심장을 향했던 혈검을 옆으로 후려쳤다.

쩌엉!

천류영이 뒤로 팽개쳐졌다. 그리고 겐죠의 혈검이 독고설을 베었다.

서걱.

"아!"

독고설은 탄식과 함께 풀썩 주저앉았다.

쏟아지는 피와 함께 치닫는 화끈한 통증, 그리고 온몸의 힘이 빠져나가는 것이 느껴졌다. 그러나 그녀는 쥐고 있는 검으로 땅을 찍으며 일어서려고 했다.

휘청거리는 몸.

겐죠는 그제야 독고설의 얼굴을 보았다.

몸서리쳐질 만큼 놀라운 미녀.

그는 미간을 찌푸렸다. 이렇게 아름다운 계집일 줄 알았다면…….

그러나 이미 지나간 일. 그의 혈검이 가차 없이 그녀의 목을 향하다가 다시 몸을 틀었다.

"또 뭐냐?"

겐죠를 향해 들이닥치는 기운.

겐죠는 짜증을 내다가 곧바로 정색했다.

결코 무시할 수 없는 엄청난 힘이란 것을 직감했다.

그는 급히 혈검을 들어 다가온 장력을 막았다.

콰아아아앙!

굉음과 함께 겐죠의 신형이 무려 삼 장 가까이 주르륵 밀려났다.

겐죠가 머리를 가볍게 흔들고는 혀를 앞으로 쭉 내밀었다. 그러나 이번엔 웃지 않았다.

"넌 누구지?"

"손거문."

겐죠는 거대한 체구의 손거문을 올려다보며 물었다.

"네가…… 사오주의 신임 지부장인가?"

"그렇다."

"흐음."

"그리고……."

"……?"

"사오주의 새로운 주인이지."

겐죠의 이맛살이 일그러지는데 손거문이 그를 향해 달려들었다.

다카시는 어금니를 깨물었다.

양쪽에서 달려오는 적들.

정파인들은 자신들이 아니라 무림서생 쪽으로 움직였다. 그들은 모두가 무림서생과 검봉을 구하라는 고함을 질러 댔다.

반면, 사파인들은 한 명의 거대한 덩치를 제외하고는 모두 자신들에게 들이닥쳤다.

긴장을 푼 건 아니지만, 대수롭게 여기진 않았다.

사파인들이라고 해봐야 방금 자신들과 싸웠던 정파인들과 거기서 거기일 거라고 생각했다.

정파의 분타나 사파의 지부나 마찬가지.

그러나 그 생각은 첫 충돌에서 깨졌다.

예상치 못한 최정예 무인들이었다. 사파인들의 칼은 날카롭고 사나웠다. 이들은 단순히 지부에 머무는 자들이 아니라 사파 최고의 정예들이었다.

만약 자신들이 수비로 전환하지 않았다면 초반에 적지

않은 희생을 치를 뻔한 것이다.

왜구 중 최정예가 몰려 있는 질풍조의 조장이 빽! 고함을 지르며 수하들을 독려했다.

"물러나지 마라! 겐죠님께서 곧 적장을 끝장내실 것이다!"

쨍쨍쨍, 쩌어어엉!

흑살대주인 흑수륵이 으르렁거렸다.

"고작 왜적 따위다! 단숨에 무너뜨려라!"

"와아아아아!"

양쪽의 함성이 하늘 끝까지 치달았다.

초반에 기세를 빼앗기면 어려운 싸움이 된다. 그것을 잘 아는 무사들은 죽어라 칼을 휘둘렀다.

다카시는 그 전투를 보며 시시각각 명을 내렸다.

"신일조, 질풍조의 우측을 막아라. 질풍조! 전선을 지켜라!"

반면, 사파인들은 야월화가 뒤에서 지휘했다.

"흑살대주, 중앙만 집중해요. 나머지는 좌우의 자리를 지킵니다."

그녀는 왜구를 포위하지 않았다. 왜구의 원진 반대쪽은 정파인의 몫이니까. 굳이 정파인들이 책임져야 할 전선까지 떠맡을 생각은 손톱만큼도 없었다.

그리고 정파인들도 생각이 있다면 곧 이리 올 것이다.

무림서생을 무상이 구하는 것을 보았을 테니까.

야월화는 눈을 빛내며 중얼거렸다.

"무림서생, 네 목숨을 구했는데…… 만약 이번 일에 속임수가 있다면 각오해야 할 거야."

그녀는 전선에 집중하다가 고개를 돌려 손거문을 보았다. 왜구의 적장도 절대고수.

위험하다는 예감이 자꾸만 짙어졌다. 그것이 그녀를 자꾸만 불안하게 만들었다.

선두에서 달리던 오성검 장로는 정신이 나갈 지경이었다. 천류영과 독고설이 얼마나 위중한 상황인지 가늠조차 되지 않았다.

그러나 그는 발에 힘을 줘 뛰는 동시에 전체를 살폈다. 일단 사오주에서 대단한 강자가 나타나 최악의 상황은 모면하게 해주었다. 또한 사파인들은 왜구를 공격했다.

"음……."

탄식이 흘렀다.

왜구의 진형인 원진.

자신들이 보는 방향으로는 사파인들이 움직이지 않았다. 그건 사파의 지휘관이 암묵적으로 요구하고 있는 것이다.

이쪽은 너희들이 공략하라고.

협조하지 않으면 상황이 악화될 공산이 있었다.

그건 피해야 했다. 지금 천류영과 독고설의 목숨은 사파의 절대고수 손에 달린 것과 진배없으니까.

결국 그는 멈춰 서서 뒤를 따르던 정파인들에게 왜구를 공격하라고 명을 내렸다.

그리고 자신은 조전후와 함께 계속 천류영을 향해 움직였다.

콰아아아앙!

왜구와 사오주의 절대고수가 충돌하는 것은 소름 끼칠 정도로 무시무시했다.

엄청난 굉음이 끊임없이 허공을 울려 댔고, 주변 십여 장은 흙먼지와 함께 돌개바람이 곳곳에서 생겨났다. 땅이 움푹움푹 꺼지는 것은 일도 아니었다.

오성검 장로가 그 광경에 한숨과 함께 말했다.

"옆으로 우회해서 가야 하네."

조전후는 한시가 급해 발을 동동 굴렀지만, 동의할 수밖에 없었다. 자칫 잘못 끼어들었다가 사오주의 절대고수에게 방해가 된다면 상황은 다시 꼬일 테니까.

독고설은 정신이 아득했다. 하지만 주문을 외우듯이 중얼거렸다.

"천 공자를…… 빼내야 해, 천 공자를."

여기서 쓰러질 수는 없었다. 천류영을 안전한 곳으로 빼내기 전까지는.

마지막에 베인 옆구리의 상처가 생각보다 깊었다. 어쩌면 내장기관이 상했을지도 몰랐다. 그녀는 지금 움직이는 게 얼마나 위험한 것인지 깨닫지도 못한 채 비틀거리며 천류영을 향해 걸었다.

천류영도 마찬가지였다.

그도 이를 악물고 일어나 독고설에게 다가갔다.

그녀를 바라보는 천류영은 억장이 무너졌다. 그 짧은 순간에 그녀는 피투성이가 되어 있었다. 그리고 옆구리의 부상도 예사롭지 않아 보였다.

화가 치밀었다.

왜 세상의 악당들은 이리 강한가. 왜 선량한 사람들은 쓰레기 같은 악당 때문에 고통 받고 죽어가야 하는가.

마침내 두 사람이 지척에 섰다.

천류영이 혈도를 짚어 어서 지혈을 해야 한다는 말을 하기도 전에 독고설의 입이 열렸다.

"괜찮아요?"

천류영은 일순 말문이 막혔다. 누가 봐도 위중한 것은 그녀였는데, 지금 그녀는 자신의 안부를 걱정하고 있었다.

"소저……."

독고설이 손을 들어 그의 뺨을 어루만졌다.

"괜찮은 거죠?"

그녀의 고르고 하얗던 치아가 온통 붉었다.

천류영은 터져 나올 것 같은 울음을 참고 미소로 고개를 끄덕였다.

"예, 저는 괜찮으니까 어서 소저의……."

천류영이 독고설의 옆구리를 향해 손을 내미는데, 그녀가 행복한 미소를 머금었다.

"다행이다."

독고설의 신형이 무너져 내렸다.

3

찰싹, 찰싹.

누군가 자신의 뺨을 연신 때렸다.

까무룩 기절했던 독고설은 아미를 찌푸렸다.

만사가 귀찮았다. 그저 잠들고 싶었다. 그런 그녀의 귀로 감미로운 목소리가 들렸다.

"소저, 의식을 잃으면 안 됩니다. 정신을 차리세요. 소저, 제발."

그다. 그 사람이다.

독고설의 입가에 절로 미소가 맺혔다.

눈을 뜨고 싶다. 그를 보고 싶었다. 그러나 눈꺼풀은

천근만근 무겁다.

"소저, 제발, 제발!"

그의 외침에 울음이 묻어났다. 대체 왜 그가 슬퍼하고 있는 건지 알 수가 없었다. 그때, 익숙한 목소리가 또 들려왔다.

오성검 장로다.

"야차검, 자네 수통도!"

조전후가 요대의 등허리에 있던 수통을 꺼내 물을 그녀의 옆구리에 부었다.

가장 먼저 혈도를 짚어 지혈을 한 오성검 장로는 상처를 물로 씻어내고 분말로 된 금창약을 뿌렸다.

엄청난 통증이 일 것인데도 독고설은 축 늘어진 채 미동도 하지 않았다.

오성검 장로가 초조한 목소리로 외쳤다.

"천우신조로 내장은 상하지 않았어! 그러나 피를 너무 많이 흘렸네. 그리고 진기가 제멋대로 폭주하고 있어!"

조전후가 악다구니를 썼다.

"어떻게 해야 됩니까?"

"한시라도 빨리 운기조식을 해야 되네. 안 그러면 살아도 폐인이 되고 말아."

"제길, 그냥 장로님이 하면 안 됩니까?"

"한계가 있네. 스스로 깨어 있어야 해. 자네도 알면서 왜 그러나?"

"아가씨, 일어나요. 일어나라고요!"

독고설은 여전히 미소를 입가에 머금고 다시 잠에 빠져들었다.

좋은 꿈이다.

소중한 사람들의 목소리가 들리는.

그때, 천류영이 입술을 꾹 깨물었다가 허리를 굽히고 그녀의 귓가에 입을 댔다.

"설아."

"……!"

무의식의 세계로 빠져들려던 그녀를 천류영이 붙잡았다.

"나와 약속한 거 있잖아."

"……."

"싸움 끝나고…… 함께 푸른 염낭 보기로."

"……."

"아직 교전 중이지만 지금 함께 보자."

천류영은 오성검 장로가 그녀의 부상을 치료할 때 빼낸 푸른 염낭을 들고 그녀의 손에 쥐어 주었다.

오성검 장로는 깨끗한 천으로 독고설의 허리를 조심스럽게 감으면서 천류영을 지켜보았다. 조전후 역시 경계를 서면서 보았다.

지금 그들은 천풍산 밑자락에 있었다.

천류영은 독고설의 귀에 계속 속삭였다.

"염낭이야. 이 안의 것을 빼낼게."

독고설은 졸음이 사라지는 것을 느꼈다. 그리고 조금씩
의식이 돌아왔다. 동시에 기억도.

천류영은 대체 이 염낭 안에 어떤 내용을 남겼던 것일
까? 왜 서언 단주는 염낭의 내용을 보고도 섭섭해하지 않
고 오히려 웃었을까?

호기심이 졸음을 밀어내고 있었다.

천류영은 그녀의 손이 느낄 수 있도록, 손안에서 염낭
의 주머니를 풀고 쪽지를 꺼냈다.

그러고는 염낭을 그녀의 손에서 빼내고 쪽지를 쥐게 한
다음, 그 위에서 펼쳤다.

오성검 장로와 조전후의 눈동자가 흔들렸다.

곱게 접혀 있는 쪽지를 열자 안에서 실반지 두 개가 나
왔다.

천류영은 그것을 독고설의 손에 쥐어 주고 그녀가 제대
로 느낄 수 있도록 손을 말아주었다.

독고설의 눈가에 경련이 일었다.

천류영이 말했다.

"이 쪽지에 이렇게 써두었어. 설아, 나와 평생 함께해
줄 거지?"

그녀의 눈에서 눈물방울이 흘러나왔다.

그제야 알았다.

이 푸른 염낭을 주면서 그가 왜 그렇게 떨었는지. 왜 그의 얼굴이 붉어졌는지.

그리고 마침내 그녀의 눈꺼풀이 위로 올라갔다.

떨리는 그녀의 입술도 열렸다.

"천 공자……."

그녀가 마침내 눈을 뜨고 천류영을 보았다. 그리고 제 손안에 쥐어져 있는 황금 실반지도.

천류영은 그녀가 의식을 차리자 눈물을 흘리며 함박 웃었다.

조전후가 한숨 돌렸다는 듯이 웃다가 고개를 절레절레 저었다.

"과연, 그래서 서언 단주가 그리 웃었던 거군. 분타주가 자신을 의심하지 않았던 것이라서. 크허허허."

천류영이 독고설을 향해 말했다.

"지금 운기조식을 해야 돼. 할 수 있겠어?"

그녀는 갑자기 전신을 뒤흔드는 고통을 느꼈다. 의식이 돌아오면서 통증도 함께 살아난 것이다.

그러나 그녀는 입술을 꾹 깨물며 참았다. 그가 걱정하는 것이 싫었다. 그녀는 미소로 고개를 끄덕였다.

동시에 그녀의 귓속으로 어마어마한 함성들이 쏟아졌

다. 아직 교전 중이라는 말이 떠올랐다.

"전투는?"

천류영이 미소로 답했다.

"다녀올게."

"……."

"승리해 돌아올게. 그러니까 설이도 버텨줘."

독고설은 옆에 있어달라고 말하고 싶었다. 그러나 그래선 안 된다는 것을 잘 알고 있었다.

그녀는 고개를 끄덕였다.

"저, 버틸 테니까……."

천류영이 일어서며 주먹을 움켜쥐고는 그녀의 말을 끊었다.

"악당들을 해치우고 돌아올게."

오성검 장로나 조전후는 천류영의 상태도 심각하다는 것을 알고 있었다. 그러나 그를 막지 못했다.

돌아서는 천류영의 표정이 소름 끼치게 차가웠기에.

오성검 장로가 작은 목소리로 말했다.

"최선을 다하겠네."

천류영은 앞으로 움직이려다가 멈춰 섰다. 그러고는 뒤돌아 오성검 장로에게 다가가 그의 귀에 속삭였다.

"어렵겠지만, 다시 이동하세요. 가능한 이곳에서 멀리. 자칫 전투가 이곳까지 옮겨올지도 모르니까요."

오성검 장로의 표정이 굳었다.

말은 그렇게 하지만, 실상은 전투에서 패배할 가능성을 염두에 둔 지적이었다. 그러나 독고설의 생명이 달린 문제라 말없이 고개를 끄덕였다.

천류영은 걷다가 이내 뛰어 평지로 내려섰다. 독고설의 안전을 위해 꽤 멀리 떨어진 곳까지 이동했던 것이다.

독고설이 위기를 넘겨 긴장이 풀려서일까? 그의 몸이 아우성을 질러 댔다.

그나마 날뛰던 진기는 조금 진정되었다. 이럴 때는 차라리 내공이 심후한 편이 아니라서 다행이라는 생각도 들었다. 엄청난 양의 진기가 진탕됐다면 운기조식 없이는 위험했을 테니까.

하지만 육체는 여전히 엉망진창이었다. 그러나 천류영은 고통을 무시하고 뛰었다.

모두가 목숨을 걸고 싸우고 있다. 그런데 이깟 부상으로 자신만 빠져 있을 수는 없었다.

자신은 정파의 분타주다.

무상 손거문과 왜구 총대장 겐죠.

두 절대고수의 경천동지할 결투가 벌써 이각이 넘도록 펼쳐졌다.

자칫 작은 실수라도 하면 그대로 숨통이 끊어질 만큼 아슬아슬한 대결이었다. 반면, 수천이 싸우고 있는 집단전은 결코 접전이 아니었다.

천류영은 그 이유를 바로 간파했다.

모두의 신경이 손거문과 겐죠의 대결에 곤두서 있음이다. 둘의 결투가 어떤 결과로 끝나는지가 중요하니까.

또한 정파인들은 자신과 검봉이 걱정되기도 했을 테고.

천류영은 약 삼십여 장의 거리를 두고 펼쳐지는 양쪽의 교전을 보다가 고개를 끄덕였다.

긴박하든 느슨하든 팽팽한 평행선이다. 그렇다면 한쪽을 깨는 것이 유리하다.

달리던 천류영이 눈을 치켜뜨고 옆을 보았다. 미우산 옆에서 한 무리의 사람들이 나타났다.

"아!"

천류영은 자신도 모르게 반색하며 나지막한 탄성을 뱉었다.

그들은 경공술을 펼치며 달려오다가 천류영을 보았다.

남궁수가 전장을 보며 긴장하고 있다가 홀로 떨어져있는 천류영을 보고는 외쳤다.

"천류영!"

장득무와 화가연도 소리 질렀다.

"형님! 저희들 왔습니다!"

"도우러 왔어요!"

그리고 그들과 함께 달려오는 검학자는 전장과 천류영

을 훑어볼 뿐, 입을 열지 않았다. 그의 허리까지 내려오는 허연 수염이 흩날리는데, 마치 신선을 보는 듯 신비스러운 자태였다.

그들은 모두 자신들이 너무 늦지 않아 다행이라는 기색이었는데, 점차 얼굴이 굳어갔다.

요란한 굉음이 연신 터지는 절대고수 간의 대결이 눈에 들어온 것이다.

천류영은 그들을 보고는 외쳤다.

"도우러 왔으면 뛰어!"

그러고는 다시 달렸다. 그 모습에 남궁수가 기가 막히다는 표정을 지었다가 이내 실소를 터트렸다.

"허참, 못 말리겠군."

장득무가 검학자와 남궁수를 번갈아 보며 볼멘소리를 했다.

"와줘서 고맙다는 말부터 해야 되는 거 아닙니까? 우린 목숨을 걸고 온 건데 말입니다."

화가연이 그런 사형의 등을 찰싹, 때렸다.

"그만큼 상황이 급하다는 거잖아요. 더 빨리 뛰어요!"

이런 그들을 보며 검학자는 곤혹스러웠다.

저 전장에 시체가 널려 있고 여전히 치열한 교전이 일어나고 있는데 이런 차분함은 뭔가. 더더군다나 무시무시한 절대고수들도 있는데!

사천에서 마교와 치열한 싸움을 한 경험 때문인가? 아무리 그래도 자신도 긴장이 되는데 이 젊은이들은 점점 더 침착해졌다.

검학자는 자신도 모르게 입술을 깨물었다.

그러고 보니 이런 집단전을 경험한 것이 언제였는지 기억조차 나지 않았다. 그 어떤 세력이 감히 남궁세가에게 칼을 들고 몰려오겠는가.

그래서인가…….

심장이 빨라지고 호흡이 뒤엉켰다.

그는 속으로 연신 심호흡을 하며 차분해지려고 노력했다. 동시에 스스로를 격려했다.

'나는 절정고수다, 절정고수! 수십 년 비무만 했기로서니 평정을 잃어서야 어찌 절정이라 말할 수 있겠는가.'

경공을 펼치는 그들은 이내 천류영을 따라잡았다. 남궁수가 그의 침중한 안색과 여기저기 묻은 피를 보며 신음했다.

"자네, 괜찮은 건가? 안색이……."

천류영은 말없이 고개를 끄덕였다.

장득무와 화가연도 숨을 죽였다. 천류영의 상태가 이 정도일 줄은 생각도 못했다.

점차 그들은 치열한 교전이 벌어지는 전장으로 들어섰다.

후끈한 열기가 먼저 몸을 짜르르하게 만들었다. 칼 소리가 마치 옆에서 덮치는 듯했다. 숨 쉬는 공기마저 무겁게 느껴졌다.

남궁수가 눈을 빛내며 말했다.

"우린 어떻게 하면 되지?"

천류영은 싸움에서 눈을 떼고 검학자를 보았다.

"상황이 위급한지라 인사는 나중에 따로 올리겠습니다. 양해해 주십시오."

검학자는 가볍게 손사래를 치며 고개를 끄덕였다.

"그렇게 하게."

"죄송하지만, 어느 정도의 수준이십니까?"

검학자의 눈가가 잔 경련을 일으켰다. 무림서생의 말마따나 상황의 엄중함은 지금 충분히 보고 느끼고 있다. 그러나 이렇게 노골적으로 질문을 던질 줄이야.

무례하다면 무례할 수 있는 상황.

그러나 검학자의 입가엔 미소가 피어났다.

"절정일세."

말하는 그에게서 자부심이 느껴졌다. 어찌 그렇지 않겠는가. 천하의 무사들이 모두 꿈꾸는 경지인데.

그렇다, 나는 절정고수다.

그렇게 검학자는 자신을 다시 한 번 다스렸다.

천류영이 반색하며 나직한 탄성을 뱉었다.

"아, 정말 다행입니다. 그럼 저 싸움을 거들어주십시오!"

그러면서 가리키는 방향.

그쪽은 손거문과 겐죠가 있는 쪽이었다.

순간, 검학자의 얼굴에 낭패감이 드리웠다.

기실 이곳으로 오면서 궁금해했던 무림서생에 대한 호기심은 까맣게 잊었다. 왜냐하면 그의 이목은 자신보다 훨씬 강해 보이는, 그야말로 절대고수라고밖에 볼 수 없는 저 강자들의 대결에 못이 박혀 있었으니까.

"저쪽인가?"

천류영이 눈을 빛내며 고개를 끄덕였다.

"예, 절대고수 간의 대결입니다. 절정이 아닌 자는 끼어드는 것조차 어렵습니다."

검학자는 태연을 가장하고 연신 고개를 주억거렸다.

"그렇군, 저쪽이군."

"저 팔 척의 거대한 덩치가 사오주의 지부장, 손거문이란 인물입니다. 지금은 우리와 함께 동맹을 맺은 상황이니 저 사람을 도와 왜장을 공격하십시오."

남궁수를 비롯한 사람들은 동맹이란 말에 상황이 어떻게 돌아가고 있는 건지 궁금했다. 그러나 지금은 그런 것을 물어볼 경황이 없었다.

검학자가 태연하려 애쓰며 말했다.

"저 덩치를 돕는 거군. 그래, 저쪽을……."

그는 말꼬리를 입안에 삼켰다.

겐죠의 혈검이 손거문의 칼에 튕겨 나갔는데, 그 칼에서 쏟아져 나온 강기가 십여 장 가까이 땅에 고랑을 만들어냈다.

노리고 한 것도 아닌, 튕겨 나간 강기가 말이다. 그리고 그 고랑의 끝에 서 있던 나무 하나가 쩍, 하고 갈라졌다.

검학자가 침을 삼키고 말했다.

"그래, 내가 저쪽이군."

전장.

그 괴물이 안겨주는 뜨거운 광분 상태와 두려움이 서서히 검학자의 심장을 잠식해 가고 있었다.

그가 천류영에게 말했다.

"사오주 지부장이 훌륭하군. 굳이 내 도움이 없어도 될 것 같은데."

천류영이 매몰차게 고개를 저었다.

"도와야 합니다. 지금 손거문의 오른팔은 정상이 아닙니다."

"내가 보기엔……."

"시간이 없습니다. 그의 팔에 문제가 생기기 전에 도와주십시오."

검학자 장로를 존경하는 남궁수가 끼어들었다.

"남궁세가의 검을 저 왜적에게 똑똑히 보여주십시오."

"허허허."

천류영이 그의 등을 밀었다.

"부탁드리겠습니다."

"허허허."

그렇게 검학자는 두 절대고수의 전장으로 들어섰다.

천류영은 남은 세 명과 함께 다시 뛰었다.

화가연이 물었다.

"그런데 풍운 소협은요?"

천류영은 쓴웃음을 깨물었다. 화가연은 풍운이 자신과 함께 이곳에 온 줄 알고 있다고 생각했다.

그러나 천류영은 숨을 들이켜며 발을 멈췄다.

아니다.

자신과 화가연은 무림맹 총타에서 만났다. 그때 분명히 풍운에 대해 말해주었다.

그가 화가연의 어깨를 격하게 잡고 외치듯 말했다.

"풍운이라고?"

화가연이 당황해 말을 더듬거렸다.

"네? 예. 그, 그래요. 푸, 풍운 소협을……."

남궁수가 차분한 어조로 끼어들었다.

"항주로 들어서는 관도에서 풍운 소협을 만났네. 그때

우리는 객잔에서 이 전투에 관해 들었는데, 풍운 소협이 먼저 움직였지. 우리는 그가 이곳에 함께 있는 줄 알았는데."

천류영은 한숨을 뱉고 다시 움직였다.

"이 길치 녀석이 어디서 헤매고 있는 거야? 오려면 빨리 오라고."

그의 중얼거림을 들은 남궁수 일행은 기가 막혀 말문이 막혔다.

풍운이 길치일 줄이야.

그러나 상념은 거기까지였다.

천류영이 정파인들의 후위로 들어섰다. 그러자 거대한 함성이 일었다.

"와아아아아!"

"걱정했습니다."

"검봉은 괜찮으십니까?"

함성과 질문이 빗발쳤다. 그 기세가 대단해 왜구와 사파인들까지 찔끔했다.

싸우면서 진두지휘를 하던 서언이 빠르게 뒤로 빠져 천류영에게 다가왔다.

"괜찮으십니까?"

"예. 걱정해 주신 덕분에."

"이제 저희를 지휘해 주십시오."

천류영이 양손으로 자신의 뺨을 가볍게 치고는 눈을 빛냈다. 그의 입가에 피어나는 미소.

"이 전투, 빨리 끝냅시다."

"와아아아아!"

다시 함성이 미친 듯이 터져 나왔다. 그렇게 그들은 천류영을 굳게 믿었다.

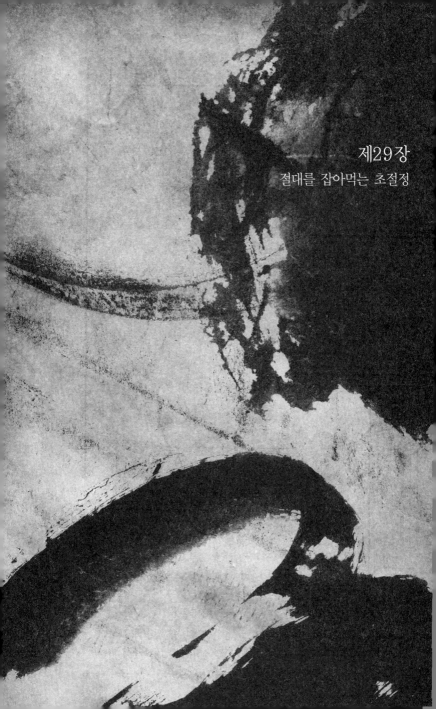

제29장
절대를 잡아먹는 초절정

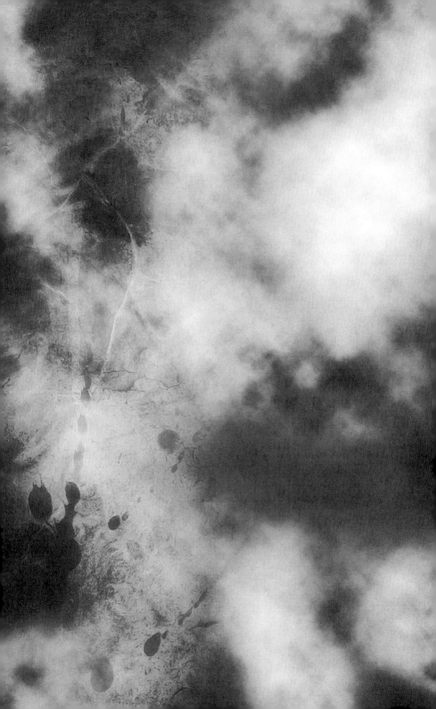

1

천류영을 바라보는 남궁수와 장득무, 그리고 화가연은 혀를 내둘렀다.

천류영이 항주에 입성한 지는 얼마 되지 않았다. 그런데 이 많은 정파인들이 천류영의 일거수일투족에 진심으로 환호하며 전율하고 있었다.

남궁수는 고개를 절레절레 젓다가 미소를 머금었다.

"그래, 그래야 내 벗이지."

장득무가 끼어들었다.

"암요, 그래야 내 형님이죠."

화가연이 어이없다는 표정으로 그런 사형을 쏘아보았다.

남궁수 일행처럼 당황하고 놀라기는 다카시도 마찬가지였다.

눈치 보기식의 전투가 진행 중이었다. 그런데 무림서생의 등장으로 갑자기 전장이 후끈 뜨거워졌다. 그리고 이 황당할 정도로 치솟는 정파인들의 기세는 또 무엇인가.

잘 이해가 되지는 않지만, 지금의 정파인들과 이전의 정파인들은 전혀 달랐다.

무림서생과의 교감이 확실한 차이를 만들었다.

신이치가 속삭이듯 말했다.

"조심해야 합니다."

다카시는 고개를 끄덕였다. 그러지 않아도 지금 그는 신경이 예민했다.

자신들의 우상이며 신(神)인 겐죠님이 또 다른 절대고수를 만나 혈투를 벌이고 있기 때문이었다.

이건 전혀 예상치 못했던 일이다.

뭔가 일이 꼬이고 있다는 생각이 자꾸만 짙어졌다.

한편, 천류영의 등장은 사파인들도 놀라게 만들었다.

책사인 무림서생의 등장이 저렇게나 대단한 것일까?

물론 자신들도 치열한 교전 중에 야월화가 나타난다면 든든할 것이다. 하지만 절대로 저렇게까지 미친 듯이 환호성을 지르진 않을 터였다.

뒤쪽의 작은 바위에 올라서 지휘를 하고 있던 야월화는

눈살을 찌푸리며 천류영을 노려보았다.

"이 전투를 빨리 끝내겠다고?"

그녀의 혼잣말에 가시가 돋쳤다.

사파와 정파가 양쪽에서 합공을 하고 있는 유리한 상황이긴 하다. 그러나 그건 겉으로 드러난 모습일 뿐이다.

실상 인원의 차이는 그리 크다고 할 수 없었다.

왜냐하면 왜구는 원진을 형성하고 철저한 수비로 임하고 있기 때문이었다. 무리하게 돌파하려면 공격하는 쪽이 훨씬 피해가 커질 수밖에 없었다.

또한 왜구는 군부대의 경험을 가지고 있는 터라 상당히 조련이 잘되어 있고, 무시 못할 고수들이 곳곳에 위치해 드러나는 허점을 아주 효율적으로 막아냈다.

그야말로 수없이 많은 훈련을 통해 탄생한, 철벽같은 원진이라 해도 무방할 정도였다.

그럼에도 분명 자신들의 전력은 위였다.

그러나 자칫 동귀어진의 상황까지 가는 무리수를 둘 수는 없는 상황.

그때, 천류영이 갑자기 수하들에게 이십 보 물러나라는 명을 내렸다. 그 명이 떨어지기 무섭게 정파인들이 뒤로 물러섰다.

야월화의 눈꼬리가 올라갔다. 그녀가 흥분해 공력을 실어 외쳤다.

"우리도 이십 보 물러납니다!"

정파인들이 물러서는데 자신들만 싸울 수는 없었다.

그렇게 전장을 달구던 칼 소리가 갑자기 사라졌다. 그러자 두 절대고수가 벌이는 폭음이 유달리 크게 느껴졌다.

어쨌든 왜구는 당황했다.

어차피 소극적으로 맞붙고 있었지만, 이런 상황은 전혀 뜻밖이었다.

그렇다고 적에게 달려들기도 뭐했다.

지금의 원진은 촘촘했다. 그러나 양쪽을 공략하면 원진이 팽창하면서 느슨해지고 자연스럽게 허점이 곳곳에 드러나게 된다.

그렇다고 한쪽만 노릴 상황도 아니었다. 적이 코앞에 있는데 공격 진형으로 바꾸는 건 자살행위였다. 상대의 지휘관들은 그 틈을 놓칠 정도로 어수룩한 인물들이 아닐 테니까.

서로를 죽이겠다고 싸우다가 갑자기 멀뚱멀뚱 바라보는 상황.

다카시와 야월화는 곤혹스럽고 황당해 미간을 찌푸렸다. 그러나 천류영은 싱긋 미소를 짓고 외쳤다.

"야월화!"

야월화는 대꾸하지 않았다. 대체 무슨 꿍꿍이인지 궁금했지만, 차마 물어볼 수는 없는 노릇이었다.

천류영의 고함이 이어졌다.

"돈 주고도 살 수 없는 절대고수의 대결입니다! 구경 좀 하죠?"

"⋯⋯!"

야월화의 눈동자가 흔들렸다. 그러지 않아도 불안해 죽 겠는데, 지금 화를 부채질하는 인간이 한편이라니!

그리고 보니까 정작 싸움은 왜장과 무상만 하고 있는 것이 아닌가.

그녀는 가슴속에 이는 천불을 꾹꾹 눌러 삼키며 천류영 을 쏘아보았다. 그러면서 생각했다.

뭐냐?

무림서생, 너는 지금 또 어떤 잔머리를 굴리고 있는 거 냐? 설마 네가 아무 생각도 없이 이러지는 않을 것이리라.

왜구 또한 지척의 적을 경계하며 천류영의 말에 집중했다.

"야월화, 괜찮겠지요?"

"⋯⋯."

"이제 곧 남궁세가의 절정고수이신 장로님께서 지부장 을 도울 겁니다. 그리고 낭왕 대협도 금방 이리 도착할 겁 니다. 그분도 당신들의 지부장을 도울 겁니다. 약속대로 말이죠."

이번엔 왜구들의 눈동자가 흔들렸다.

거의 막상막하의 혈투가 펼쳐지고 있었다. 그런데 남궁

세가의 장로에 낭왕까지 합류한다?

야월화는 태연한 표정으로 숨을 들이켰다.

천류영의 마지막 말.

약속대로 말이죠.

그런 약속 따위는 없었다. 그렇다면 지금 이건 적들을 혼란에 빠트리려는 술책이다.

큰 전력 차이가 없는 전투는 결국 사기가 승패를 결정 짓는다. 그 사기란 결국 심리다.

지금 천류영은 왜구의 심리를 뒤흔들려는 것이다.

천류영의 말이 거침없이 이어졌다.

"그리고 사천의 영웅 중 한 명인 풍운도 올 거고요."

"……."

"우리는 그냥 지켜보고 있으면 됩니다."

왜구들의 목젖이 꿀렁거렸다.

자신들의 우상이며 신인 겐죠 총대장이 무너질 수도 있다는 생각을 처음으로 하기 시작했다. 그렇게 그들의 단단했던 마음에 균열이 일기 시작했다.

신이치가 연신 침을 삼키다가 다카시에게 속삭였다.

"후퇴해야 합니다. 정파와 사오주가 동맹했을 줄 몰랐고, 저런 절대고수가 있을 줄도 몰랐습니다."

다카시는 신음을 삼키고 고개를 저었다.

"겐죠님께서 물러서겠는가?"

"하지만 이대로 시간이 흐르는 건 좋지 않습니다. 시간은…… 저들의 편입니다."

신이치의 말처럼 시간이 흐를수록 낭왕과 풍운이 합류할 시간은 다가오는 것이다.

왜구는 여전히 원진을 굳게 지키고 있었으나 심적인 동요가 얼굴에 드러나는 것을 숨기지는 못했다.

다카시는 눈을 빛냈다.

"차라리……."

그는 말을 하려다가 삼켰다. 공격으로 전환하자는 말을 하려고 했다. 하지만 적의 코앞에서 그리 움직이면 초반의 피해가 너무 컸다. 그 피해는 싸움 끝까지 이어져 결국 패배로 끝날 터이고.

다카시는 차분해지려고 연신 심호흡을 했다.

혹시 무림서생의 거짓말이 아닐까?

그러나 그럴 확률이 적다는 결론으로 저울추가 기울었다.

왜냐하면 사오주에 절대고수가 있었다.

그렇다면 정파 쪽에서도 어느 정도 균형이 맞아야 한다. 지금의 전력이 양쪽의 전부라면…… 싸움이 설사 저들의 승리로 돌아가더라도 정파는 위험해질 수 있기 때문이었다.

그렇기에 정파에 또 다른 세력이 있다는 것은 거짓일 확률보다 진실일 공산이 높았다.

다카시의 몸이 자신도 모르게 진저리를 쳤다.

엄청난 함정에 빠진 것이다!

야월화가 입술을 잘근잘근 깨물다가 입을 열었다. 지금 천류영의 말이 정말이냐고 묻는 건 어리석은 일이다.

그녀는 일부러 짜증스러운 어조로 말했다.

"왔어도 벌써 한참 전에 왔어야지요. 무림맹과 남궁세가의 지원군은 그렇다 치더라도 낭왕 대협과 풍운 소협은 왜 이리 늦죠? 그들이 이끄는 부대는 빠르다고 들었는데, 이게 뭐예요?"

천류영은 속으로 쾌재를 불렀다.

과연 야월화였다.

그녀는 지금 자신의 의도를 정확히 꿰뚫고 있었다. 아니, 오히려 한술 더 떴다. 무림맹과 남궁세가의 지원군이라니!

남궁세가의 장로를 언급하니 남궁세가까지 들먹였다.

이틀 전, 전체를 보라고 했더니, 제대로 맥을 짚은 것이다.

왜구의 동요가 이제는 눈에 띄게 드러났다. 다카시는 차라리 수하들의 귀를 막아버리고 싶었다.

신이치가 부르르 떨다가 속삭였다.

"거짓말이겠지요?"

그는 질문을 하면서도 그것이 자신의 간절한 바람인 것을 알았다.

한시라도 빨리 빠져나가야 한다!

그 생각이 머리를 짓눌렀다.

그때, 천류영이 다카시를 보며 외쳤다.

"내가 한 말 기억하나?"

"……?"

"내가 이 전투 빨리 끝내겠다고 말한 것!"

"…….'

"여기서 끝내자! 가라! 쫓지 않겠다! 대신 멀리 떠나서 다시는 이 땅에 발을 들여놓지 마라!"

다카시가 정말이냐고 물으려고 할 때, 천류영이 곧바로 말을 이었다.

"진짜다! 나는 수하들의 피해를 원치 않는다! 최소의 손실로 최대의 전공을 얻는 것! 그게 내 방식! 지금 너희들이 죽기 살기로 나오면 서로 간에 많이 다칠 테니까! 그건 원하지 않아!"

다카시는 천류영이 일본벌을 야습한 것이 떠올랐다.

맞다.

놈은 최소의 피해로 본 벌을 무너뜨렸다.

천류영이 다카시를 직시하며 외쳤다.

"단, 너희 대장은 양보할 수 없다!"

"……!"

"무림맹과 남궁세가가 움직였는데 왜장을 그대로 보내

주면 내 자리가 위태로워지거든! 보여줄 만한 전공은 있어야 하니까! 당신도 알다시피 우리의 피해는 이미 상당하거든! 당신들이 죽인 우리 동료들 말이야!"

천류영은 이들이 결코 겐죠를 포기할 수 없다는 것을 잘 알고 있었다. 일본벌의 벌주인 노다케가 죽어가면서도 겐죠를 향한 충성심을 보였고, 항주루의 왜인들도 마찬가지였다.

왜구가 모두 흥분하기 시작했다. 그들에게 겐죠 총대장은 그런 존재였다.

야월화는 손바닥에 식은땀이 흥건히 맺히는 것을 느꼈다.

거의 완벽에 가깝게 느껴지던 철벽의 원진이 흔들리고 있었다.

그녀는 다카시라는 왜인을 보며 그가 곧 어떤 선택을 할지 깨달았다. 그리고 그 선택은 천류영이 의도했고, 자신이 맞장구 쳐준 그 결론으로 도달할 것이다.

야월화의 시선이 다카시와 왜구를 지나쳐 천류영에게 닿았다.

그도 자신을 보고 있었다.

싱긋.

그가 미소 지었다.

그 미소로 그는 많은 것을 전달했다.

때가 임박했다.

그리고 이 기로에서 중요한 건 서로의 믿음이다.

그리고 야월화는 어쩌면 천류영이 한 말, 낭왕과 풍운이 온다는 말이 사실일지도 모른다는 생각을 했다.

그렇다면 무조건 천류영을 도와야 했다. 지금 그녀는 손거문의 오른팔이 걱정돼 초조했으니까.

자신들이 이 균형을 깨고 승기를 잡는다면, 분명 사형의 싸움에도 유리한 영향을 줄 것이다.

겐죠라는 절대강자도 수하들이 무너지면 흔들릴 수밖에 없을 테니까.

과연 다카시가 결국 버티지 못하고 명을 내렸다.

"전군, 정파를 공격하라! 무림서생을 잡아라!"

그의 외침이 떨어지기 무섭게 천류영이 외쳤다.

"막습니다! 공격이 아닙니다! 전선을 유지하면서 지킵니다!"

수비다. 그리고 공격의 역할은 사오주다.

그걸 야월화도 잘 알고 있었다.

왜구가 함성을 지르며 정파 쪽으로 달렸다. 그렇게 그들의 원진이 흐트러졌다.

야월화가 외쳤다.

"공격!"

흑살대주 흑수륵이 으르렁거리며 쏘아져 나갔다. 무상께서 혈투를 벌이고 있는데 잠깐이나마 쉬고 있는 게 죄송하던 사파인들이었다.

"박살 내주마!"

"와아아아!"

반 각 정도 조용했던 전장이 다시 달아올랐다.

천류영의 떠밀림에 움직이게 된 검학자는 어금니를 악물었다.

"나는 절정고수다, 나는 절정고수……."

낮게 읊조리듯 하는 중얼거림.

이럴 줄 알았으면 비무와 참선뿐만 아니라 생사투도 종종 경험해 볼 것을. 후회가 물밀듯이 밀려들었지만, 피할 수도 없는 상황이었다.

보는 것만으로도 살 떨리는 절대고수들이 있을 줄 누가 알았겠는가.

그렇게 나아가던 검학자는 눈을 동그랗게 뜨며 뒤를 돌아보았다.

갑자기 그들이 싸움을 멈추고 조용해진 탓이었다.

"으음……."

검학자는 자신도 모르게 흘러나오는 신음을 억지로 삼켰다.

자신은 이쪽으로 가라고 떠밀더니, 새파랗게 젊은 것들은 지금 쉬겠다는 건가?

순간, 노염이 울컥 치밀었다.

그때였다.

강대한 돌풍이 검학자를 향해 휘몰아쳤다.

부우우우웅.

손거문과 겐죠의 싸움이 검학자 쪽으로 이동해 온 것이다.

검학자는 살을 따갑게 하는 칼바람에 급히 검을 빼 들었다.

차아아앙!

그러고는 힘껏 검을 휘둘렀다.

슈가가가각!

흔들리는 검신을 따라 검학자의 신형과 칼에서 범상치 않은 기운이 피어올랐다. 그의 칼끝에서 피어난 검풍과 검기가 다가오는 칼바람을 사정없이 긁어버렸다.

그랬다.

그는 현 남궁세가에서 다섯 손가락 안에 드는 절정고수였다.

손거문과 겐죠의 충돌이 최초의 부딪침 이후 처음으로 멈췄다. 둘이 서로를 견제하며 검학자를 흘낏 곁눈질했다.

"넌 또 뭐냐?"

"누구냐?"

겐죠가 먼저, 그리고 손거문이 잇따라 같은 질문을 던졌다. 검학자는 방금 자신의 칼에 자신감을 얻고 여유를 회복했다. 그는 왼손으로 허연 수염을 쓰다듬으며 미소를 머금었다.

"남궁세가의 검학자요."

"……."

"……."

검학자는 가슴을 펴고는 팔 척 거구의, 치렁치렁한 흑발을 어깨까지 드리운 손거문을 향해 미소를 머금었다. 체격이나 인상이 꽤나 강렬하다는 느낌을 받았다.

마치 한 마리 거대한 호랑이를 보는 듯했다.

아직 나이도 어려 보이는데……. 서른을 조금 넘겼으려나?

보면서도 믿기지 않았다. 저 나이에 어떻게 절정의 경지를 넘어 절대고수가 될 수 있단 말인가.

사오주에 저런 고수가 있었다니!

검학자는 놀람을 숨기고 차분하게 말했다.

"정파의 협객으로서 저 간악한 왜적을 물리치는 데 협조하겠소, 사오주 절강 지부장."

그는 말을 하면서도 아까부터 의아했던 궁금증이 다시 일었다.

무림서생은 어떻게 사오주와 동맹을 맺은 것일까?

이건 꽤나 위험한 행동이었다. 상황이 너무 급박해 보여 따질 틈이 없었지만, 분명 나중에 문제가 될 일이라고 여겼다.

아무리 도적을 몰아내는 일이라고 해도 어찌 사파인과 힘을 합친단 말인가.

손거문이 피식 웃고는 신선 풍모의 검학자를 가볍게 훑다가 입을 열었다.

"꺼져."

"……."

"내 싸움이다. 방해하면 너부터 죽여 버리겠다."

"나는 단지 왜적을 소탕하기 위해 잠시 그대를 도우려는……."

검학자는 말을 잇지 못했다. 왜냐하면 손거문이 그의 말을 무시하고 왜장에게 달려든 것이다.

검학자의 얼굴이 붉으락푸르락 변했다. 노염이 그의 눈에서 줄기줄기 쏟아져 나왔다.

그가 급히 손거문의 뒤를 따라 발을 움직이는데, 이미 충돌이 일었다.

쩌쩌쩌어어엉! 쩡쩡쩡! 퍼어엉!

검학자는 멈춰서 앞으로 나아가지 못했다.

붉은 안개에 휩싸인 왜장.

그건 분명 말로만 듣고 본 적은 없는, 신검합일의 경지였다.

"신검합일이라니! 어떻게 저 궁극이 고작 도적 따위에

게서!"

그의 입술이 부르르 떨렸다. 그리고 손거문을 보는 그의 눈이 화등잔만 해졌다.

"분명 중검(重劍)인데 쾌검(快劍)보다 더 빠르다니!"

물론 쾌검은 자신의 기준이었다. 그러나 자신이 처음 보는 지독한 중검이 어떻게 자신의 쾌검보다 더 빠를 수 있는지 이해할 수가 없었다.

"허어어, 과연 무학의 세계는 끝이 없구나."

그때, 뒤에서 함성이 일면서 잠시 멈췄던 전투가 재개됐다. 그걸 흘낏 본 검학자는 용기를 내 앞으로 나아갔다.

자신만 놀고 있을 수는 없었다.

그때, 겐죠가 손거문의 칼에 부딪쳐 옆으로 팽개치듯이 허공에 떠올랐다. 그런데 그가 내려서는 곳이 하필 검학자가 있는 곳이었다.

2

겐죠는 일부러 손검문의 칼과 부딪치며 튕겨 나와 검학자가 있는 곳을 노린 것이다.

어쨌든 검학자가 한 번 보여준 검은 겐죠로 하여금 신경을 거슬리게 만들었다.

남궁세가가 중원에서 천하제일검가라고 불린다는 것도

떠올랐다.

남궁세가의 절정에 들어선 노인.

방금 보여준 것은 부족한 부분이 없지 않지만, 나쁘다고 할 수도 없었다. 그리고 어쩌면 방심시키려고 가볍게 칼을 썼는지도 모른다.

그런 자를 방치했다가 자칫 손거문과 싸우다가 기습을 당한다면? 역시, 애초에 그럴 가능성이 생기지 않게 지워 버리는 것이 좋았다.

슈가가가각!

붉은 검광이 허공을 메우며 쏟아졌다. 검학자는 이를 악물고 검을 곧추세웠다.

태어나 처음 느껴보는 가공할 압박!

그러나 물러설 수는 없다.

비록 실전 경험이 적더라도 자신은 노력했다. 잠자는 시간도 줄여가며 수십 년간 그렇게 칼을 휘둘렀다.

그런데 여기서 도망친다면 그 모든 노력이 수포로 돌아가게 될 것임을 직감적으로 알았다. 그렇기에 검학자는 맹렬히 검을 휘둘렀다.

쩌쩌쩌어어어엉!

"크윽!"

억눌린 단말마가 검학자의 잇새로 흘러나왔다. 그리고 겐죠의 혈검은 다 막아냈으나 마지막에 들이닥친 후폭풍의 검기는 고스란히 몸으로 받아내야만 했다.

파파파파팟.

검학자의 신형이 뒤로 몇 차례 굴렀다. 검기의 충격 때문이 아니라 있을지도 모르는 왜장의 다음 공격을 피하기 위해서였다.

그는 벌떡 일어나 왜장의 연격에 대비했다. 그러나 천만다행으로 손거문이 달려와 위기를 넘겼다.

손거문은 한심하다는 듯이 검학자를 보다가 피식 웃었다.

"수염이 멋지군, 노인장."

검학자는 자신의 허연 수염이 턱 밑에서 싹둑 잘려 나가 있음을 그제야 깨달았다.

그는 터져 나올 것 같은 한숨을 삼키다가 미간을 좁혔다.

처음으로 사오주 지부장을 아주 가까이서 보았다.

그런데 그의 이마에 식은땀이 송골송골 맺혀 있었다. 그 땀은 뺨을 타고 줄줄 흘러내렸다.

물론 보기에도 놀라운 엄청난 격전을 벌이고 있으니 심력이나 체력, 그리고 내공의 소진이 엄청날 터. 많은 땀을 흘릴 수도 있다.

그러나 그 땀의 양이 너무 많았다.

더 심각해 보이는 것은 그의 오른손이 희미하게나마 경련을 일으키고 있다는 점이었다.

절정의 검학자는 그런 손거문의 상태를 놓치지 않았다.

'몸이 좋지 않다. 특히 오른팔!'

손거문과 검학자가 나란히 있으니 겐죠도 쉽게 달려들지 못했다. 그러면서 그도 잠시나마 숨을 돌렸다.

검학자는 전음으로 손거문에게 물었다.

[자네, 오른팔은 괜찮은 건가?]

그의 물음에 손거문이 쓴웃음을 깨물었다. 그러고는 왼손으로 오른팔을 주무르며 대꾸했다.

"아파. 아주 쿡쿡 쑤시고 있지."

손거문이 입으로 약점을 순순히 실토하자 검학자가 대경실색했다.

"약점을 그리 말해도 되나?"

손거문이 낮게 웃음을 터트렸다. 그러자 겐죠도 따라 웃었다.

"후후후후."

"크케케케케."

검학자는 한참 어린 손거문이 반말하는 것도 기분 나쁘지만, 왜장의 기괴한 웃음소리가 더 거슬린다는 생각을 했다.

손거문이 웃음을 멈추고 말했다.

"저 도적이 그래도 절대고수다. 그런 놈이 벌써 삼 각에 가깝게 나와 붙었는데 그것을 눈치 못 챘을 것 같나?"

검학자는 고개를 끄덕이며 쓴웃음을 깨물었다.

실수다.

그는 한숨을 삼키며 손거문을 보았다.

대종사의 기도를 풍기는 인물.

그래서인지 그의 반말이 기분은 나쁠지언정 전혀 어색하지 않았다.

일개 지부장이 맞을까?

검학자는 여러 가지 가능성이 떠올랐지만, 일단 묻었다. 지금 그것을 왈가왈부할 때는 아니니까.

"괜찮겠나?"

사파인을 좋아하진 않는다. 아니, 상당히 싫어한다.

그러나 손거문이 없으면 자신들이 위험해진다는 것을 잘 알고 있었다. 수천의 생명이 이 대결에 달려 있다.

"안 괜찮아. 제길, 불과 십여 초식 만에 제대로 된 힘을 쓸 수가 없더라고. 그러지 않았다면 한참 전에 저놈의 숨통을 끊었을 텐데."

그러면서 그는 왼손으로 계속 오른팔을 주물렀다. 그의 말이 이어졌다.

"아무래도 조금만 더하면 팔이 부러지겠는데? 뼈는 괜찮은 줄 알았는데, 실금이 가 있었던 거야. 그것도 꽤나 많이."

중얼거리며 말하는 그를 보며 검학자는 아연해졌다.

목숨을 걸고 싸우는 적 앞에서 약점을 이렇게까지 시시

콜콜 털어놓다니. 솔직해도 너무 솔직했다.

자신의 상식으로는 이해할 수 없는 일이었다.

그 표정을 본 손거문이 다시 웃었다.

"저놈도 이미 짐작하고 있다니까. 뭐, 어쨌든 노인장 덕분에 잘 쉬었어. 잠깐이지만."

"……."

"실은 이 말을 부탁하려고. 생각해 보니 해두는 게 나을 것 같아서 말이지. 후후후."

손거문의 웃는 표정이 비장하게 변했다. 검학자는 침을 삼키고 물었다.

"무슨 말인가?"

"내가 죽으면 내공을 담아 이렇게 외쳐 줘. 무상의 마지막 명을 전한다! 모두 후퇴하라! 이렇게. 참! 사매, 사랑했다! 이것도."

"……."

검학자는 어이가 없었다. 지금 자신의 입으로 알지도 못하는 손거문의 사매를 향해 사랑했다는 말을 전하란 말인가? 그것도 공력을 담아 크게 외치라고?

"다시 한 번 말해줘?"

검학자는 고개를 젓고 한숨을 삼켰다.

말도 안 되는 부탁이긴 한데, 거절하기가 어려웠다.

그것은 그가 목숨을 걸고 싸우면서 남기는 유언과 같은

무거운 의미를 지니고 있기에.

검학자는 고루하고 재미없는, 전형적인 정파의 노인이
지만, 그렇다고 앞뒤가 꽉 막힌 인물은 아니었다.

"이보게, 차라리 피하면 목숨은……."

손거문이 그의 말을 끊었다.

"됐어."

"수하들이 걱정된다면 함께 힘을 합쳐서……."

손거문이 또 말허리를 잘랐다.

"명색이 무사인데, 쪽팔리잖아."

"……."

"그리고 내 첫 출정인데 수하들 앞에서 고작 팔 부상으
로 도망치라고?"

검학자는 가슴이 울컥했다.

삼십 대로 보이는 이 남자.

무려 절대고수다.

이 경지까지 올라서기 위해 얼마나 엄청난 지옥을 헤치
고 살아왔을까?

그것도 첫 출정이라니, 강호 초출이다. 지금껏 그리 고
생한 것이 아깝지도 않은가?

검학자는 처음으로 사파인의 이름을 확인했다.

"손거문이라고 했나?"

앞으로 발을 내디디려던 손거문이 고개를 돌려 검학자

를 보았다. 그건 왜 묻느냐는 눈빛.

검학자가 빙그레 미소 지었다.

"사파인이지만 무사군. 내 자네 이름을 기억하겠네."

손거문이 멍한 표정을 지었다가 낮은 웃음을 터트렸다.

"푸흐흐흐, 하여간 정파인들이란."

"……."

"뭘 그렇게 체면과 형식에 얽매이는지 모르겠단 말이지. 흠, 그리고 보면 확실히 무림서생은 괴짜란 말이야. 놈에게도 이 말을 전해줘. 마음에 들지 않았지만, 마음에 들기도 했다고."

"그게 무슨……."

그러나 이미 손거문은 앞으로 화살처럼 튕겨 나간 뒤였다.

겐죠는 혀를 내밀고 웃음을 터트렸다.

"크케케케케."

그러나 지금 겐죠의 속내는 꽤나 곤혹스러웠다. 만약 손거문의 상태가 정상이었다면 자신은 상대가 되지 않는다는 것을 알았기에.

삼류, 이류, 일류, 초일류, 특급, 절정, 초절정, 절대.

흔히들 이렇게 무공의 경지를 여덟 개로 나눈다.

뭐, 늘리려면 더 늘릴 수도 있고, 확 줄일 수도 있을 것이다. 하지만 대륙인들이 팔이란 숫자를 좋아하다 보니 이렇게 여덟 단계로 나눴다.

하지만 같은 경지라고 해도 그 안에서의 격차는 하늘과 땅 차이만큼이나 큰 경우도 있었다.

지금 겐죠 자신과 손거문이 그랬다.

같은 절대의 경지지만, 그 간극이 작지 않았다.

겐죠의 눈자위가 살기로 샛노랬다.

본국에서도 손거문만한 괴물은 없었다. 그가 오른팔에 이상이 있다는 것은 천운이었다.

그리고 그 천운이 자신에게 있다는 것. 그것이 중요했다.

쇄애애액!

슈캉!

다시 두 절대고수가 충돌했다.

쩡쩡, 쩡쩡쩡, 퍼어어엉!

그리고 처음으로 손거문의 잇새로 신음이 흘러나왔다. 그리고 그의 육중한 덩치가 뒤로 튕겨져 나갔다. 역시 처음 있는 일이었다.

마침내 손거문의 오른팔이 부러진 것이다.

"크케케케케!"

겐죠가 기회를 놓칠세라 거칠게 달려들었다.

＊　　　＊　　　＊

천류영은 침착하게 외쳤다.

"전선을 지킵니다! 후위분들은 앞 선의 동료를 도와주세요! 조금만 더 버티면 됩니다."

쩡쩡쩡!

정파인들과 왜구의 전선에서는 함성과 함께 병장기 부딪치는 소리가 끊이지 않았다. 그러니 비명은 거의 없었다.

천류영이 계속해서 흔들리는 곳을 잡아내며 수시로 지시를 내리고 있었기 때문이다.

그러나 사파와 왜구의 전선은 전혀 달랐다.

"죽여라, 죽여!"

"뭐하는 거야? 뚫으라고!"

"돌파해!"

거친 고함.

"으아아악!"

"고로세(죽여라)!"

"썰어버려! 저놈들을…… 커흑!"

"꺼으으윽, 살려…….."

이쪽 전선엔 비명과 절규도 끊이지 않았다.

왜인의 원진은 사실상 붕괴 직전이었다. 그렇게 사파인들과 왜구의 후위는 난전이 펼쳐졌다.

그때, 차분히 수성만 지시하던 천류영의 눈이 빛났다.

무리한 공격령으로 짜부라진 원진.

그 원진 중 한 곳으로 사파인 중 일부가 꽤 깊숙이 들어왔다. 진형이 무너지면서 왜구의 시체와 전열이 뒤엉킬 때가 생긴다. 그리되면 분명 한 곳이 희한할 정도로 뻥 뚫리게 되는 경우가 종종 발생하는데, 그 틈으로 사파인들 중 일부가 치고 들어온 것이다.

물론 그냥 두면 깊은 곳으로 잠입한 사파인이 위험하다. 왜구는 연결 고리를 끊고 포위해 죽이려고 할 테니까.

그러나 그렇게 두고 볼 수만은 없었다.

지금까지 이걸 기다려 왔으니까.

그런 일이 발생하지 않았다면?

무리하지 않는다.

초조한 것은 왜구들이고, 그럼 끊임없이 무리수를 두게 마련이니까. 그럼 반드시 어떤 기회라도 다시 찾아온다. 중요한 것은 그 기회를 포착하는 것이다.

천류영이 외쳤다.

"주작단주! 왼쪽으로 여섯 보! 돌파!"

서언이 이미 움직이며 답했다.

"복명!"

서언은 부단주를 비롯한 열 명의 최정예 주작단원과 함께 돌파를 시도했다. 그리고 그들 좌우로 주작단원들이 한 걸음씩 나아가며 그 폭을 넓혔다.

"뚫어라! 공격하라!"

서언이 선두에서 외치며 맹렬히 칼을 움직였다. 그러자

너무 깊숙이 들어왔다가 꼼짝없이 갇힌 사파인들의 눈이 빛났다. 희망이 생긴 것이다.

사파인들은 죽을힘을 다해 앞으로 전진했다. 멈추는 순간 죽는다는 것을 아니까.

천류영이 서언을 독려했다.

"돌파하세요. 다 됐습니다. 남궁수! 비검! 매검! 너희들도 합류해!"

그들은 앞쪽을 뚫는 전선의 바로 옆에 위치하고 있었다.

그리고 마침내 사파인들의 선두와 서언이 만났다.

천류영이 그 통로로 수하들을 속속 들이밀었다.

누군가가 함성을 질렀다.

"와아아! 적 진형을 관통했다아아아아아!"

그의 함성에 수많은 정파인들과 사파인들의 사기가 치솟았다. 반대로 왜구들은 더욱 우왕좌왕했다.

다카시는 이를 갈았다.

사파인들이 치고 들어왔을 때만 해도 대수롭지 않게 여겼다. 그런데 갑자기 정파의 일부가 그 기회를 놓치지 않고 파고들면서 상황이 걷잡을 수 없이 꼬였다.

다카시가 외쳤다.

"좌우 끝을 차단해! 질풍조장, 네가 중앙을 맡아!"

천류영은 빙그레 웃었다.

이미 늦었다.

야월화는 이 기회를 놓치지 않고 강렬하게 밀어붙일 테
니까.

흘낏 야월화를 본 천류영은 아연해졌다.

야월화가 있던 자리, 그곳에는 아무도 없었다.

"대, 대체……."

천류영이 고개를 훑는데 흑수륵 흑살대주가 바위에 올
라갔다. 그는 전장을 살피면서 지시를 내렸다.

"공격해라!"

"닥치고 들어가!"

"돌파하란 말이야!"

무조건적인 공격령.

힘들게 뚫은 중앙이 다시 메워지려고 했다.

천류영은 입술을 깨물었다.

다 잡은 승기가 물 건너가고 있었다.

천류영은 주먹을 불끈 쥐며 전면을 살피다가 고개를 돌
렸다.

"설마……."

그의 예상대로 야월화는 이 전장에서 빠져나가 절대고
수의 전장으로 들어가고 있었다.

천류영은 한숨을 삼켰다.

야월화가 그러는 이유를 알 수 있었다.

손거문이 속절없이 밀리고 있었다. 그는 오른팔을 전혀

쓰지 못했다. 그리고 검학자 장로도 손거문과 같이 밀렸다.

"휴우우, 결국 문제가 생겼군."

천류영은 쓴 미소를 깨물었다.

이제 와 천마검을 탓할 수도 없는 노릇이었다.

천류영은 어쩔 수 없이 왜구를 관통한 통로를 포기하려고 했다.

이젠 자신들이 수세였다.

겐죠가 손거문을 처리하고 이곳에 들이닥칠 경우를 대비해야 한다.

그때였다.

저쪽 한편에서 들려오는 고함.

"으아아아아!"

누군가가 기합을 넣으며 질주해 왔다.

천류영의 얼굴이 환해졌다.

길치, 풍운이다!

제대로 길을 찾아왔다면 더할 나위 없이 좋았겠지만, 지금이라도 나타난 게 다행이었다.

그는 풍운을 부르려다가 문득 뇌리를 스친 생각에 씩, 미소를 머금었다.

그러고는 풍운을 향해 외쳤다.

"무영객님!"

세상에서 가장 빠르다고 알려진 인물이다.

남궁수를 비롯한 적지 않은 이들이 의아한 표정을 지었다.

풍운이 달려오는데 왜 무영객이라고 부르는가.

그러나 그들은 입술을 지그시 깨물었다.

천류영이 하는 언행엔 분명 뜻이 있을 테니까.

한편, 다카시는 흥분했다.

드디어 겐죠님께서 사오주의 절대고수를 무너뜨린 것이다. 이제 조금만 버티면 된다.

그런데 무림서생이 갑자기 한쪽을 보더니 무영객이라고 외쳤다.

여러 번 들어본 별호였다.

대륙 최고의 경공술을 자랑하는 인물.

그러나 그뿐이다. 그는 권각술이나 검술을 배워야 할 시간에도 경공에만 몰두했다는 인물이다.

그래서 경공은 타의추종을 불허하지만, 무공은 젬병이라는 위인.

그는 겐죠님이 올 때까지 버티기 위해 진형을 회복시키려다가 눈살을 찌푸렸다.

뒤에서 다가오는 무영객.

빨라도 너무 빨랐다.

방금 전 저 멀리 있었는데, 어느새 오십여 장까지 다가왔다.

"세상에서 가장 빠르다더니, 빠르긴 지독하게 빠르군."

그는 풍운을 경계하지 않았다.

무영객이었으니까.

천류영이 무리에서 더 뒤로 떨어져 나와 풍운이 잘 볼 수 있게 자리하고는 내공을 실어 외쳤다.

"무영객님! 저자를 먼저 잡아야 합니다! 감색 상의에 붉은 영웅건을 두른 자!"

다카시를 가리켰다. 상당한 용병술로 벌써 무너졌어야 할 원진을 유지하게 만든 인물.

다카시는 코웃음 쳤다.

"무영객 따위가 나를?"

신이치는 신중했다.

"그래도 무림서생입니다. 경계하셔야 합니다."

"난 절정고수네."

"……"

"내가 무영객에게……."

그는 말을 잇지 못했다. 그의 기감에 섬전처럼 다가오는 기운. 뒤를 보던 신이치의 눈이 커졌다.

"어어어! 더 빨라졌습니다!"

다카시가 고개를 홱 돌렸다.

자신의 뒤로는 오십여 명의 수하들이 있었다.

그러나 그들 머리 위로 무영객이 날았다. 다카시의 입에서 헛바람이 터졌다.

그런데…… 무영객이 저렇게 젊었던가? 그럴 리가 없는데. 뭔가가 이상한데.

신이치가 다카시 앞으로 움직이며 검을 휘둘렀다.

슈각!

그러나 풍운은 이미 그의 칼을 지나쳤다.

차라리 신이치가 앞에서 칼을 휘두르지만 않았더라면, 이라고 다카시는 생각했다.

풍운의 무릎이 다카시의 얼굴에 작렬했다.

콰직!

3

"커흑!"

풍운의 무릎에 가격당한 다카시가 고통의 단말마를 흘리며 뒤로 주르륵 밀려나다가 간신히 중심을 잡았다. 무릎에 가격당한 코가 주저앉았고, 코피가 주르륵 흘러내렸다.

놀란 신이치와 그 주변 왜인들이 풍운을 잡으려고 왜검을 휘둘렀다.

슈가각!

풍운의 등을 향해 쏟아지는 칼들.

쇄애액, 쇄액, 쇄액.

그러나 풍운은 다카시의 얼굴을 찍고 내려서는 것이 아

니라 허공으로 도약했다.

빙그르르.

공중제비를 돈 풍운이 내려선 곳은 뒤로 밀린 다카시 바로 앞.

그 와중에도 천류영을 향한 풍운의 외침이 있었다.

"형님, 나는 무영객이 아니라 풍운이라고요!"

천류영이 그리 부른 의도는 짐작하고 있다. 하지만 반 가움에 나오는 인사다.

쩌엉! 쩡쩡쩡!

풍운과 다카시의 왜검이 부딪치며 시퍼런 불똥을 사방에 튕겼다. 두 고수의 신형에서 뿜어져 나오는 기운으로 인해 사방으로 바람이 휘몰아쳤다.

"크윽……."

다카시는 다시 신음을 뱉었다.

힘과 힘의 충돌.

그 힘은 결국 무거움과 빠름으로 결정 난다. 그런 점에서 다카시는 밀리다가 공격을 받았고, 풍운은 달려온 속도를 등에 업고 위에서 내리찍었다.

뒤로 나자빠질 듯 밀려나는 다카시.

그는 머릿속이 빙글빙글 돌았다. 진형을 수습해야 한다는 절박함도 소름 끼칠 정도로 빠르게 짓쳐 드는 검에 묻혔다.

'너무…… 빨라. 절대고수인가?'

풍운.

그는 낭왕 방야철이나 무적검 한추광, 그리고 흑랑대주 초지명처럼 작년에 초절정에 들어섰다.

하지만 그의 초절정은 다른 초절정과 뚜렷한 차이가 존재했다.

다른 무엇보다 빠름으로 승부하는 삼대 신비 방파인 천궁. 만약 빠름으로만 풍운의 움직임과 검을 논한다면 이미 그는 절대의 영역에 발을 들이밀고 있었다.

그것을 간파한 방야철이 항수 포구에서 허탈한 미소를 지었던 것이다.

쨍쨍쨍쨍쨍!

숨 쉴 틈조차 주지 않고 몰아치는 풍운의 검.

왜구들은 초조함에 질식할 것만 같았다.

무림서생의 말처럼 정말 풍운이 왔다. 그러면 낭왕도 올 것이고, 무림맹과 남궁세가의 지원군도 언제 들이닥칠지 모른다.

그렇게 초조함은 평정을 깨트리고 더 나아가 그들의 칼을 흔들리게 만들었다.

다카시는 입술이 터져라 이를 악물었다. 검을 보고 막는 것이 아니다. 그랬다면 저 가공할 쾌검에 벌써 몸이 절단 났으리라. 그저 상대의 어깨와 팔의 움직임으로 짐작할 뿐이다.

만약 다카시가 절정고수가 아니었다면 그것조차 불가능했을 것이다. 그렇게 다카시는 촌각의 시간에도 죽을 고비를 셀 수도 없이 넘기며 버텼다. 하지만 그것도 점점 힘에 부쳐왔다.

어쨌든 지휘관인 다카시가 궁지에 몰린 것은 왜구에게 최악의 결과를 불러왔다.

다카시가 계속 뒤로 밀리고, 동시에 주변의 왜구들이 그를 구하기 위해 움직이면서 붕괴 직전이었던 원진이 사실상 와해되어 버렸다.

반면, 정파인들의 기세는 폭발했다.

"와아아아아!"

거대한 함성이 병장기 소리와 비명을 덮었다.

흑수륵이 야월화 대신 지휘를 하다가 바위에서 뛰어내렸다. 이제 지시 따위는 필요 없다. 단숨에 몰아붙여 무너뜨리는 일만 남았다.

"몰아쳐라! 사오주의 힘을 보이란 말이다!"

"와아아아아!"

사파인들도 노도와 같은 함성을 지르며 숭숭 뚫린 왜인의 진형으로 파고들었다.

흑수륵은 부대주에게 지휘권을 넘겼다. 그러고는 옆으로 뛰었다.

야월화를 뒤따라 무상을 구하기 위해서.

반면, 천류영은 전선을 유지하라는 명을 지속했다. 대신 서언 단주가 앞장서 뚫은 통로로 계속 정파인들을 투입했다.

다행히 초반에 들어간 서언 단주와 주작단의 최정예, 그리고 남궁수 일행이 앞뒤로 몰려드는 왜구를 상대로 침착하게 대응하면서 길목을 단단히 지키고 있었다. 그렇기에 정파인들을 추가 투입하는 것은 생각보다 수월했다.

천류영은 초조한 표정으로 앞뒤를 번갈아가며 살폈다.

손거문과 검학자가 조금만 더 버텨주면 승산은 자신들에게 있었다. 야월화도 그 싸움에 끼어들어 검학자와 함께 겐죠를 방어하고 있었다. 손거문도 오른팔이 부러졌지만 왼손으로 장력을 날리며 나름 선방하고 있었다.

하지만 순간순간이 너무 위태로워 보였다. 그때, 천류영의 눈에 흑수륵이 뛰어가는 것이 들어왔다.

사오주 절강 지부에서 지부장 역할을 했던 인물. 분명 상당한 고수일 터다.

천류영의 입가에 미소가 맺혔다. 그렇다면 겐죠를 더 잡아둘 수 있다. 빠른 시간 안에 이곳의 승부를 결정짓는 일만 남은 것이다.

그것이 자신의 역할이었다.

할 수 있는 것에 집중한다. 어설프게 양쪽을 다 잡으려다가는 죽도 밥도 아닌 꼴이 날 수 있다. 그걸 천류영은 잘 알고 있었다.

천류영은 초조했지만 마음을 다스리며 눈앞의 전장에 집중했다.

왜구 무리 속 풍운이 다시 기합을 지르며 검을 휘둘렀다.

"하아아압!"

폭풍처럼 쏟아져 나오는 시퍼런 검기.

다카시가 그 검기를 보며 어금니를 깨물었다. 더 이상 밀리면 끝장이라는 생각에 앞으로 발을 내디뎠다. 늦었더라도 수습을 하기 위해서 거머리 같은 풍운을 잠시라도 떼어내야 했다.

슈라라라락.

그의 왜검이 허공을 찢어발겼다. 그의 칼에서도 검기가 뿜어져 나왔다.

퍼퍼퍼어어엉!

그렇게 풍운의 검기를 소멸시켰다. 하지만 다카시는 어느새 자신의 검격 안으로 파고든 풍운을 보며 숨을 들이켰다.

'어느새?'

의문보다 그의 왜검이 먼저 움직였다. 그러나 풍운은 그럴 줄 알았다는 듯이 왼손을 옆으로 툭, 쳤다.

티잉.

다카시의 검신 가운데 면이 풍운의 손날에 튕겨 나갔다.

풍운의 칼 앞에 뻥 뚫려 버린 그의 가슴.

다카시의 눈에 절망과 허탈함이 교차했다. 결국 이렇게 허무하게 끝나는가.

아쉬움에 가슴이 먹먹했다. 중원무림은 곧 난세로 빠져들 것이다. 그 틈을 노려서 절강성에서 자신들의 위치를 공고히 하려던 야심은 물거품이 되고 말았다.

푸욱.

"크헉!"

풍운의 칼이 다카시의 심장에 박혔다가 빠져나왔다. 풍운은 빼낸 검으로 곧바로 뒤를 향해 휘둘렀다.

쇄애애액. 파파파파팟!

다카시를 돕기 위해 따라오던 신이치와 왜구들이 이를 악물며 그 검기를 후려치고 돌진했다.

신이치는 쓰러지는 다카시를 보며 울부짖듯 목 놓아 불렀다.

그러나 그들 앞에 있는 청년은 풍운이었다. 풍운은 짓쳐 드는 왜검 속으로 자신의 칼을 찍듯이 뻗었다.

슈슈슈슈슈슈슉!

한순간에 수십여 초의 검이 허공에 점을 수놓았다.

그건 말로 형언할 수 없는 장관이었다.

하지만 왜구는 그 장관에 탄성이 아니라 탄식을 흘렸

다. 그 점들이 자신들의 얼굴과 목, 그리고 가슴팍에 쏘아져 들어왔으니까.

"으아아악!"

"끄아아악!"

방어하거나 피하는 자도 있었지만, 대개가 속수무책으로 무너졌다. 비명, 그리고 핏줄기가 풍운의 주변에서 휘몰아쳤다. 쓰러지는 왜구들 위로 풍운의 발과 칼이 밟고 베고 지나갔다.

어떻게든 막아보려고 기를 써보지만, 풍운을 노린 왜검은 언제나 그가 지나간 자리의 허공만 벨 뿐.

압도적인 강함.

양 떼 속에 한 마리 늑대를 풀어놓은 것과 진배없었다.

그러나 왜적은 포기하지 않았다. 질풍조의 조장이 수하들을 독려하며 풍운을 포위했다. 그리고 사방에서 풍운에게 달려들었다.

쇄애애액.

족히 이십여 개의 왜검이 풍운의 전후좌우에서 쏟아졌다.

파라라라.

풍운의 신형이 땅을 차고 위로 떠올랐다. 왜검과 왜검끼리 엇갈리고 부딪치는 그 위로 풍운이 내려섰다.

"……!"

풍운을 노리고 검을 뺐던 왜구들의 눈에 황망함이 깃

들었다. 자신들의 칼 위에 설 줄이야!

놀라움을 넘어 농락이다. 모욕과 굴욕이다!

그 장면을 격전 중에 어떻게 보았는지, 화가연이 함성과도 같은 탄성을 내질렀다.

"와아아! 풍운 소협!"

왜구들은 검을 회수하거나 찔러 넣으려는데 풍운의 신형이 맹렬히 회전했다. 동시에 그의 칼도 돌며 검기를 뿌렸다.

부우우우웅. 쇄애애애액.

눈으로 쫓을 수 없는 미친 속도의 회전, 사방으로 떨어지는 무수한 검기.

"으아아아악!"

비명이 계속 터진다.

마침내 왜적들의 눈과 얼굴에 공포란 감정이 떠올랐다. 말총머리 청년을 자신들이 잡는 건 불가능하다는 것을 깨달았다.

정파와 사파의 몇몇 이들은 또 다른 절대고수의 출현이라며 환호성을 질렀고, 왜구들은 이 전투, 승산이 없다는 것을 깨닫고 탄식했다.

정파인들의 외침 속에서 공력을 잔뜩 담은 장득무의 목소리가 유독 컸다.

"풍운 소협, 비검 장득무요! 우리 더 친해집시다!"

그리고 마침내 천류영이 공격령을 내렸다.

"전군, 공격하라!"

"와아아아아!"

"가자! 단숨에 끝내자!"

"왜적을 쓸어버리자!"

기다리며 힘을 비축하고 있던 정파인들도 진군했다.

드높은 함성만큼이나 강하게 칼을 휘둘렀다.

쩌쩌어어엉, 쩡쩡쩡!

왜구를 포위하고 관통했으며 풍운이 안을 교란했다.

또한 왜구는 지휘관을 잃었다.

정파와 대치하던 왜구의 일선이 무너지기 무섭게 이선도 허물어졌다. 그리고 삼선, 사선도 속속 뚫렸다. 여기저기에서 정파와 사파가 조우했다.

평소에는 서로 견원지간이었으나 지금 정파인들과 사파인들은 묘한 전우애로 미소를 머금었다.

뒤늦게 신이치가 수습하려고 악다구니를 썼다.

"근처의 동료와 이 인 일 조로 버텨라! 곧 겐죠님이 오실 것이다. 그때까지……."

그는 고함을 잇지 못했다.

자신을 향해 득달같이 쏘아지는 한 줄기 검기.

신이치는 있는 힘을 다해 그 검기를 베었다. 그리고 목을 향해 쇄도하는 상대의 칼을 막았다.

쩌엉!

그러나 그 순간, 아랫배에 상대의 발이 박혔다.

퍼억!

"큭!"

신이치는 한 발을 빼며 중심을 잡았다. 그러나 그건 실수였다. 차라리 뒤로 나동그라졌어야 했다.

풍운의 몸이 빙글 돌았다.

기쾌무비한 돌려차기, 선풍각(旋風脚)이다.

빠각.

풍운의 발바닥이 신이치의 뺨을 때렸다. 그렇게 중심을 잃은 신이치의 동체가 옆으로 기우는데, 칼이 폭사해 들어왔다.

쇄애애액, 서걱.

신이치는 입을 쩍 벌렸다. 그러나 신음조차 낼 수 없었다. 목의 절반이 베여진 것이다.

꾸르르륵.

입에서 피거품이, 그리고 목에서 핏물이 주르륵 쏟아졌다.

쿵!

그의 무릎이 땅에 떨어졌다. 풍운은 그의 가슴을 발로 차고 다시 움직였다.

쓰러지는 신이치의 눈에 분주하게 움직이는 다리들이 보였다.

우연이었을까, 아님 착각일까?

그 다리 사이로 아스라이 겐죠님이 얼핏 보였다.

우상이며 신이자 버팀목이었던 분.

눈을 부릅떴다. 그러나 시야가 점차 뿌옇게 변하더니, 이내 칠흑이 되었다.

풍운이 당도하기 전까지 이천칠팔백의 전력을 유지하던 왜구는 불과 일각 반 정도의 시간에 천여 명을 잃었다.

사천여 명의 정파와 사파 연합군은 거침없이 왜구를 짓밟으며 전장을 휩쓸었다. 지금 이 순간에도 왜구의 숫자는 속속 줄어들었다.

천류영은 주먹을 불끈 쥐었다.

"끝이다."

하늘에서 전장의 신이 내려온다고 해도 이 전투의 결과를 뒤바꿀 수는 없다.

압승.

그럼에도 끝은 아니다.

왜구들은 겐죠가 살아 있는 이상 끊임없이 붙들고 늘어질 것이다. 왜냐하면 겐죠는 여전히 저쪽의 전장에서 우세했으니까.

이제 할 일은 왜구의 그 희망마저 지워 버려야 할 때였다. 그러면 남은 왜구는 지리멸렬할 테니까. 그래야 아군의 추가 피해를 훨씬 줄일 수 있을 것이다.

천류영이 풍운을 향해 외쳤다.

"풍운, 나와라!"

그 고함에 거의 쉼 없이 움직이던 풍운이 처음으로 멈춰 섰다. 그러나 주변의 왜구 중 그 어느 누구도 감히 풍운을 향해 칼을 들이밀지 못했다.

풍운은 가볍게 호흡을 뱉고는 입을 열었다.

"아직 왜적의 수가 많은데요?"

사방에서 고함과 비명이 난무하는데 풍운의 목소리는 기이할 정도로 또렷하게 주변을 울렸다. 천류영이 고함으로 대꾸했다.

"여기에서 네 역할은 완수!"

풍운이 어깨를 으쓱하며 말을 받았다.

"그럼 이젠 저쪽을 돕는 거군요."

풍운의 말에 주변의 왜구들은 두 가지 상반된 감정이 교차했다.

말총머리 괴물이 어서 이곳을 떴으면 하는 마음과 저놈이 마지막 희망인 겐죠님을 무너뜨리면 어떻게 하지, 라는 불안감이.

풍운은 오십여 장 거리에 떨어져 있는 겐죠를 보며 심호흡을 하고는 미소 지었다.

"와아, 절대고수 같은데요?"

"가서 잡을 수 있지?"

천류영의 내공을 실은 고함과 풍운의 차분한 말투가 만들어낸 대화.

혈투를 벌이고 있는 이들조차 그 대화가 신경 쓰였다. 풍운이 눈을 빛내며 반문했다.

"해야만 되는 거잖아요?"

그가 천류영을 향해 발을 내디뎠다. 그러자 그 앞에 있던 왜구들이 자신들도 모르게 좌우로 피하며 길을 만들었다.

마치 어서 빠져 달라는 듯이.

어떻게 보면 황당하고 우스꽝스럽기까지 한 장면이었다. 그러나 아무도 놀라거나 웃지 않았다.

풍운은 왜구들에게 지옥을 선사했으니까.

그렇게 사방에서 격전이 벌어지는데, 풍운이 움직이고 있는 주변만 조용했다. 그리고 마침내 풍운이 정파의 대열에 합류했다.

"우와아아아아!"

"풍운! 풍운! 풍운!"

그를 맞는 정파인들이 함성을 내질렀다. 풍운은 쑥스럽다는 낯빛으로 걸어서 천류영 앞에 당도했다.

그리고 풍운이 나온 길목으로 들어서려는 정파인들과 왜구들이 충돌했다.

천류영은 그 전장을 흘낏 보고 풍운에게 말했다.

"와줘서 고맙다."

풍운이 뒤통수를 긁적거리며 대꾸했다.

"절강에 따라오면 술 산다고 말한 거 잊지 않았죠?"

"쏘마, 거하게."

"하하하, 좋아요."

풍운은 웃으면서 발을 뗐다. 천류영의 몰골이 피폐한 것이 마음 아팠다. 얼마나 악전고투를 치렀으면.

하지만 그래서 천류영이 좋았다.

높은 명성과 막대한 부를 움켜쥐었으니 편하게 살 수도 있었을 텐데, 하늘도 버린 땅인 이곳으로 들어와 싸우고 있는 이 사람이.

반 시진 동안 고기잡이배를 타고 오면서 천류영 덕분에 희망을 꿈꾸게 되었다는 노부부의 끝없는 수다가 풍운으로 하여금 기쁘면서도 가슴 짠하게 만들었다.

진즉 천류영 형님을 따라나서 도왔어야 했는데.

풍운이 천류영을 지나치는데, 그가 자신의 팔을 잡았다.

"반드시 이겨라."

풍운은 천류영의 말이 평소보다 매우 무겁다는 것을 느끼며 말했다.

"뭐, 쉽진 않겠지만, 최선을 다할게요. 절대고수라……한 번 붙어보고 싶긴 했어요."

웃으면서 나아가는 풍운의 뒤로 천류영의 목소리가 따라붙었다.

"믿는다. 반드시 검봉의 복수를 해줘."

"……!"

풍운의 얼굴이 굳었다. 그는 뒤돌아 빠르게 전장을 훑었다. 그러고 보니 그녀가 보이지 않았다.

다른 사람도 아닌 독고설이라면, 자신이 온 것을 보았으니 반기러 와줄 만도 한데.

세상에 나와 가장 정을 많이 준 두 사람이 천류영과 독고설이다. 그중 한 사람인 그녀가 잘못됐다는 말인가?

"설이 누님은?"

천류영이 입술을 꾹 깨물었다가 말했다.

"아직 괜찮지만…… 지금 그 얘길 나눌 시간이 없다. 이겨라. 꼭!"

풍운의 얼굴이 딱딱하게 굳었다. 그리고 돌아서 겐죠를 보았다.

그런데 하필 그때, 겐죠가 이쪽을 향해 움직였다. 그가 이쪽 전장에 개입하지 못하게 필사적으로 막던 손거문과 야월화, 검학자와 흑수륵을 모조리 떨쳐 내며 달려오고 있었다.

겐죠의 격노한 외침이 허공을 울렸다.

"무림서새애애앵!"

그의 고함은 분노와 탄식이 교차됐다.

상황을 이리 꼬이게 만든 무림서생을 향한 증오, 다카

시가 이끄는 부대가 이렇게 빨리 허망하게 무너질 줄 몰 랐다는 허탈감, 그리고 손거문만큼은 죽이고 움직이려 했 던 그의 승부욕에 대한 자책이었다.

하지만 어쩔 수 없는 선택이었다.

절대고수인 손거문을 여기에서 놓치면, 팔을 회복하고 돌아올 경우 뒤탈이 염려됐기 때문이다.

겐죠가 마침내 달려오자 꺼져 가던 왜구의 희망이 다시 피어올랐다. 잠시만 버티면 겐죠님이 자신들에게 살 길을 열어줄 것이라는 희망이.

천류영이 겐죠를 보며 풍운에게 말했다.

"부탁한다."

풍운도 겐죠를 보며 대꾸했다.

"최선을 다한다는 말, 취소하죠."

"······?"

"이길게요. 내 한계를 깨뜨려서라도."

천류영은 풍운의 음성에서 살기와 분노를 느꼈다.

풍운이 발을 뗐다. 순간, 그의 신형이 흐릿해지며 앞으 로 섬전처럼 폭사했다.

4

어느새 서녘 하늘로 뉘엿뉘엿 기운 태양은 사람들의 그

림자를 길게 만들었다. 붉은 노을이 서쪽 하늘에서 천공으로 조금씩 번져 가는 시간.

간간이 부는 미풍은 천풍산과 미우산 사이를 흐르며 떠도는 혈향을 씻어 내렸다. 그럼에도 지워지지 않는 피비린내는 얼마나 많은 이들이 죽었고, 또 죽어가고 있는지를 보여주는 대목이었다.

겐죠의 공격에 피투성이가 되어버린 야월화는 손거문을 보며 안도의 한숨을 뱉고 말했다.

"사형은 지금이라도 제발 빠져나가요."

겐죠가 다시 돌아올 가능성은 희박했지만, 그럼에도 야월화는 불안했다. 그 괴물이 보여준 무시무시한 검은 지금 생각해도 소름이 돋을 지경이었다.

사형에게 빠져나가라는 이 말을 벌써 몇 번이나 했는지 모른다. 그녀는 처음 절대고수간의 전장에 들어섰을 때 사형을 향해 외쳤었다.

지휘관으로서 명을 내리니 싸움에서 빠지라고!

손거문이 당황해 주춤하자, 약속했던 대로 자신의 명을 곧바로 들어달라고 간청했다. 그러나 손거문은 그때마다 미안하다는 미소로 고개를 저었다.

야월화가 이번엔 자신의 뜻을 관철시켜야겠다는 듯이 흑수륵을 보았다. 그러자 겐죠에게 장력을 얻어맞아 몇 차례 각혈을 한 흑수륵이 동조했다.

"무상, 빠져나가십시오. 이곳은 저희들이 지키겠습니다."

손거문이 입술을 깨물고 고개를 저었다.

"이 얘기는 그만하지. 죽는다면 함께 죽는다. 나만 내
뺄 수는……."

그는 겐죠를 뒤따라가려다 말꼬리를 삼켰다.

정신없이 싸우느라 수하들이 어떤 상태인지 몰랐다. 그
런데 지금 보니 저쪽의 전장은 압도적으로 유리해 보였다.

그는 자신도 모르게 신음을 흘리다가 말했다.

"역시…… 무림서생이란 건가? 정말 난 놈은 난 놈이군."

손거문의 말에 야월화가 입술을 깨물었다.

무림서생.

적이지만 인정하지 않을 수 없는 인간이었다.

그러나 더한 것은 원망이었다.

이틀 전, 그의 호위무사와의 팔씨름만 없었다면! 그러
고 보니 그자가 보이지 않았다. 팔이 부러져서 이번 전투
엔 빠진 걸까?

근처에 어정쩡하게 서서 장삼을 찢어 베인 허벅지를 급
히 감싼 검학자가 입을 열었다.

"어서 왜장을 뒤따라가야 하지 않겠소? 저 괴물을 방치
하면 위험하오. 우리가 도와야 하오."

말은 그렇게 하지만 혼자 나설 엄두는 나지 않는다는
솔직한 표정. 그러니 지금처럼 함께 힘을 합치자는 그의

얼굴을 본 손거문과 야월화는 피식 웃었다.

결코 좋아할 수 없는 인물이다.

싫어하는 정파, 그것도 그쪽 바닥에서 잘나가는 남궁세가의 장로니까. 하지만 그의 도움이 없었다면 자신들은 죽었을 공산이 높았다.

검학자의 잘린 턱수염과 허벅지 부상으로 절룩거리는 모습이 왠지 모르게 짠했다.

좋아할 수 없는 인물이긴 한데, 미워하기도 어려운 인간이다.

마치…… 무림서생처럼.

손거문이 그를 향해 말했다.

"노인장, 아니, 검학자 장로. 그 정도면 수고했으니 빠져도 좋소. 내 남궁가의 도움은 잊지 않지."

검학자는 처음으로 자신의 별호를 불러준 손거문을 찰나 멍하니 보다가 피식 웃었다.

여전히 말본새가 고약한 사내였다.

또한 알량한 자존심으로 남궁세가를 남궁가로 격하시키기까지 했다.

그래도 그가 중간중간 보여준, 용권풍(龍拳風)이라는 가공할 장력이 아니었다면 자신은 이미 황천길을 떠났을 테니까 귓등으로 넘겼다. 그 소름 끼치는 신기(神技)가 몇 번이나 자신을 살렸다.

생사를 함께했다는 감정이 사소한 격식이나 어느 정도의 무례는 웃고 넘기게 만들었다.

흑수륵이 입가의 선혈을 손으로 훔치고 끼어들었다.

"정파에서 풍운이 왔습니다. 제가 잠시나마 본 그는 대단한 고수였으니, 겐죠를 어느 정도 상대할 수 있을 겁니다. 그러니 무상께서는 일단 자리를 피하시고……."

그는 말을 잇지 못했다. 마침내 풍운과 겐죠가 충돌하는 모습에 숨을 죽였다.

야월화나 흑수륵은 난생처음으로 정파인을 응원했다. 비록 속으로일 뿐이지만.

겐죠는 달리며 이를 박박 갈았다.

앞쪽의 전장은 대충 훑어봐도 짐작이 가는 상황이었다. 다카시가 죽은 것이다. 그가 살아 있었다면 저렇게 엉망으로 무너질 리가 없었다.

자신을 평생 보필해 온 충복.

겐죠는 죽어간 수많은 수하들보다 다카시를 잃은 것이 더 뼈아팠다.

힘이 있다면 수하를 모아 세력을 만드는 건 어렵지 않다. 하지만 다카시처럼 유능한 충복은 결코 구하기 쉽지 않았다.

"무림서생! 이놈! 감히!"

아무리 자신이 강해도 이 전투를 승리로 바꾸는 건 불가능하다는 것을 모르지 않았다.

지금 최선의 선택은 이 사단을 만든 무림서생을 인질로 잡고, 그를 담보로 빠져나가는 것이다. 그리고 절강성을 떠나 다른 해안가에 정착하면 된다.

그러기 위해선 일단 무림서생을 생포해야 한다. 곧바로 죽일 수는 없겠지만, 팔과 다리 하나씩은 분질러 버리리라.

그렇게 작심하며 달리는 겐죠의 미간이 좁혀졌다. 무림서생 옆에 있는, 새파란 말총머리 청년.

그 애송이가 자신을 험악하게 노려보더니 앞으로 발을 내디뎠다. 순간, 겐죠는 눈을 치켜뜨고 숨을 들이켰다.

'빠르다!'

겐죠의 발 하나가 옆으로 틀며 땅을 강하게 디뎠다.

파아아아아!

겐죠의 신형이 옆으로 뒤틀리며 멈췄다. 그로 인해 그의 앞으로 흙먼지가 솟구쳤다. 그 흙먼지를 뚫고 나타난 풍운이 짓쳐 들었다.

슈가아아앗!

허공을 찢는 파공성.

검에서 뿜어져 나오는 시퍼런 검기.

그리고 어마어마한 검풍이 겐죠를 덮쳤다.

그러나 그건 사실 중요하지 않았다.

절대고수인 겐죠는 딱히 움직이지 않고 호신강기를 일으켜 그 모든 것을 무력화시킬 수 있으니까.

문제는 상상을 뛰어넘는, 가공할 속도의 쾌검.

겐죠의 붉은 혈검이 득달같이 움직였다.

쩌어엉!

칼과 칼이 부딪치는 소리가 마치 폭음처럼 허공을 뒤흔들었다.

둘의 칼이 서로 튕겨 나갔다. 그런데 풍운의 검이 다시 돌아 겐죠의 혈검을 또 두드렸다.

쩽!

흔들리는 겐죠의 눈동자.

전력을 다한 충돌인데 이렇게 칼의 방향을 역으로 취하는 건 무리가 따른다.

진짜 강자끼리의 결투에서는 위험천만한 선택.

그러나 그렇게 선입견을 깨는 데 성공하면 작은 기회라도 얻을 수 있는 법이다.

겐죠의 상반신이 찰나 열렸다. 그곳을 향해 쏘아지는 풍운의 검.

겐죠가 허리와 손목을 동시에 비틀었다. 피하는 동시에 혈검은 풍운을 노렸다.

하지만 이건 풍운의 허초였다. 그는 겐죠에게 칼을 집어넣는 대신 왼 주먹을 휘둘렀다. 겐죠가 허리를 비틀면서 상체가 이동할 거리를 예상하고……..

퍼억!

풍운의 주먹이 겐죠의 뺨을 강타했다.

"크흑."

겐죠가 신음을 흘리며 옆으로 나가떨어졌다가 벌떡 일어났다.

"칙쇼(젠장)!"

겐죠는 새파란 애송이의 저급한 속임수에 넘어간 것이 분통 터졌다.

호신강기를 두른 절대고수에게 겨우 주먹 한 방을 꽂아넣으려고 제 놈의 목숨을 걸다니!

하지만 그 광경을 본 일부 정파인들은 함성을 질렀다. 전선의 후위에 있던 그들은 혹시나 겐죠가 풍운을 제치고 들어올 경우를 대비하고 있던 것이다.

"와아아아아!"

놀란 건 정파인들뿐만이 아니었다.

불과 일 합.

그러나 그건 마지막 희망을 꿈꾸던 왜구들에게 감당하기 어려운 절망으로 덮쳐 왔다. 때를 놓치지 않은 천류영이 왜구를 단숨에 끝장내라는 명을 연이어 외쳤다.

정파인들은 이제 뒤를 걱정하지 않고 앞으로 돌진했다.

풍운.

그를 믿을 수 있으니까.

그런데 왜구에게 더 끔찍한 일이 생겼다.

설상가상이라고, 안 좋은 일은 연이어 터지는 걸까?

풍운이 나타났던 방향, 그곳에서 한 사내가 바람처럼 달려오며 외쳤다.

"여기 낭왕이 왔다아아아!"

깊은 공력이 담긴 소리가 쩌렁쩌렁 울렸다. 아직 전장의 상황이 어떤지 모르는 그가 혹시나 하는 생각에 외친 고함. 그건 왜구들의 몸에서 힘을 쏙 빠지게 만들기 충분했다.

버티고 버티던 왜구의 간부와 고수들도 무력하게 무너지기 시작했다.

야월화는 낭왕의 출현에 묘한 감정을 느꼈다.

연이은 정파 고수의 등장이 이렇게 반가울 줄이야. 그러나 그녀는 이내 눈을 부릅뜨고 풍운을 보았다.

새파랗게 어려 보이는 그가 방금 전까지 그렇게 자신들을 몰아붙이던 겐죠를 상대로 주먹을 꽂아 넣는 것이 생경했다.

앞으로 달려가려던 손거문이 쓴웃음을 깨물었다.

"세상은…… 확실히 넓군."

흑수륵이 그를 위로했다.

"무상의 팔이 정상이었다면 아무도 대적할 수 없습니다."

평소의 손거문이라면 고개를 끄덕이며 당연하다고 말했을 것이다. 그런데 그렇게 동의하지 못했다.

풍운이라는 천재 청년도 놀랍지만, 그의 머릿속엔 한 인물이 망령처럼 붙어서 떠나지 않았다.

자신의 팔을 이 지경으로 만든 정체 모호한 인물.

어쩌면 그 사내는 마지막 순간, 일부러 제 팔을 포기했는지도 모른다는 생각이 계속 들었던 것이다.

그러지 않았다면 당시 대전에 있던 사오주의 고수들이 천류영과 그를 그대로 보내주지 않았을 테니까.

"이번 전투…… 왠지 꼭두각시가 된 것 같군."

손거문이 발을 앞으로 내디디며 내뱉는 씁쓸한 말에 야월화는 고개를 떨궜다. 그러자 손거문이 그녀를 위로했다.

"이미 벌어진 일이다. 괘념치 말아라."

"……."

"그보다는 다시 싸울 준비를 하자."

야월화가 그를 따라붙으며 눈살을 찌푸렸다.

"사형, 저 풍운이라는 자가 겐죠를 막을 수 있을 것 같은데요? 어쨌든 겐죠는 사형과 오래 혈투를 펼쳤으니 지쳤을……."

손거문이 고개를 저으며 그녀의 말을 끊었다.

"한 시대에 한 명 태어날까 말까 하다는 절대고수다.

절대란 이름이 괜히 붙는 게 아니야. 마음만 먹으면 사흘 밤낮도 싸울 수 있지."

당연히 싸울수록 단전의 내공은 줄어든다. 하지만 절대고수는 움직이면서도 축기를 할 수 있다. 이른바 사람들이 알고 있는 많은 상식들 위에 서 있는 경지다.

흑수륵이 호기심을 드러내며 물었다.

"설마 무한한 내공을 지닐 수 있다는 뜻입니까?"

"훗, 아무리 고수라 해도 인간인데 그건 불가능하지. 다만, 쓴 내공을 싸우면서도 일부나마 축기해 보충할 수 있다는 말이다. 절대고수는 싸움이 길어질 것이라 예상되면 완급 조절을 통해 일정 이상의 공력을 유지할 수 있다."

또한 절대고수는 공력의 소비가 큰 초식을 잘 펼치지 않는다. 왜냐하면 그러지 않더라도, 일 푼의 공력만으로도 그 칼은 충분히 위협적이니까.

"하지만 겐죠는 무상과 싸우면서 완급 조절을 하지 못했습니다."

손거문이 아픈 한숨을 삼켰다.

"아니, 그건 나였다. 불과 십여 초식 만에 내 오른팔에 문제가 있음을 알았지. 결국 나는 무리하게 진기를 운용할 수밖에 없었고, 놈은 그런 나를 상대로 치고 빠지면서 완급을 조절했다."

결론은 지금 무상은 단전의 공력이 거의 바닥났다는 얘

기고, 겐죠는 아직 충분하다는 뜻이다.

야월화가 급히 입을 열었다.

"그럼 사형은 운기조식이 필요하다는 말이잖아요. 어서 자리를 떠야 해요. 낭왕까지 왔으니 괜찮아요."

결국 똑같은 요구로 돌아오는 그녀를 보며 손거문은 고개를 저었다. 그러고는 풍운과 겐죠의 한 치의 물러섬 없는 결투를 보며 말했다.

"풍운이라는 친구는 겐죠를 감당할 수 없어. 내가 보기에 풍운은 아직 절대의 경지가 아니야. 그리고 낭왕이 온다는 이유로 우리가 손 놓고 구경만 한다는 건…… 자존심이 상하는 일이지. 힘들수록 도망가지 말고 부딪쳐야 한다. 그래야 더 강해질 수 있지."

손거문과 야월화의 뒤에서 흑수륵과 나란히 걷던 검학자가 끼어들었다.

"내가 보기엔 풍운이라는 아이, 왜장에 비해 뒤지지 않아 보이는데?"

그의 물음엔 감탄과 경악이 물씬 풍겼다. 자신들을 농락하던 겐죠를 상대로 하나도 꿇리지 않는 풍운을 보며 질려 버린 것이다.

손거문은 담담하게 대꾸했다.

"무리하고 있는 거요. 다만…… 빠르긴 정말 빠르군. 저 쾌검만큼은 절대의 경지에 근접했다고 봐도 무방할 것

같소. 어쨌든 풍운이 위험에 처할 경우를 대비해서 우리
가…… 음, 정말 빠르군. 이 할 정도의 승산이 있을지도,
아니, 삼 할……."

말을 하는 손거문의 눈동자가 흔들렸다.

처음엔 일 할의 승산도 없다고 여겼다. 풍운이 작년에
약관이라고 했으니 이제 겨우 스물한 살이라는 선입견이
작용한 탓도 있었다.

결국 겐죠의 강력한 함에 밀려 풍운의 속도가 급전직하
할 것이라고 예상했다. 아무리 초절정고수라고 해도 절대
고수의 심후한 공력과는 비교할 수가 없었다.

그런데…… 믿을 수 없게 풍운의 검은 조금씩 더 빨라
지고 있었다.

손거문이 발을 멈추고 침을 꿀꺽 삼켰다. 자신의 눈을
의심했다.

"또…… 빨라졌어?"

다른 사람들은 볼 수 없었다. 일정 수준 이상의 빠름을
넘어서면 거기서 거기로 보이니까.

그러나 손거문은 풍운의 검을 간파할 수 있었다.

쾌를 넘어선 극쾌(克快)다. 그런데 방금 풍운은 거기에
서 더 나아갔다. 이건 불가능하다.

초극쾌(超克快)!

절대고수인 손거문조차 처음 보는, 살이 절로 떨려올

정도의 빠름이었다.

초극쾌, 저 경지에 다다른 자는 무림 사상 한 명밖에 없다고 들었다.

삼대 신비 방파 중 하나인 천궁의 개파 시조, 무섬객 (無閃客).

"설마……."

손거문은 풍운을 보며 신음을 삼켰다.

저 풍운이란 자가 천궁의 인물일까?

아주 가끔 천궁의 인물이 세상에 나올 때마다 무림은 파란에 휩싸였다.

그러나…… 무공에 관한 한 천재적인 핏줄을 자랑하는 천궁이지만, 그 수련 과정이 지독하게 혹독해서 아무리 빨리 강호 출도를 하더라도 중년의 나이라고 알려져 있었다.

만약 풍운이 천궁의 인물이고 스무 살에 강호 출도를 한 것이라면? 무림이 뒤집어질 만큼 엄청난 사건이었다.

손거문이 고개를 갸웃거렸다.

천궁주가 왜 한 사람의 호위 따위에 머무른단 말인가. 천하제일인의 자리를 위해 움직여야 할 사람이.

지금이라면 패왕의 별을 꿈꿀 터였다.

'아닌가?'

뭐, 그건 지금 고민한다고 풀리는 것이 아니니 일단 나중으로 미뤄도 상관없다.

중요한 건 지금 자신이 수백 년 만에 부활한 초극쾌를 보고 있다는 점이었다. 그것도 불과 스물한 살의 청년에게서.

소름과 전율이 손거문을 관통했다. 짜릿한 흥분이 그의 피를 뜨겁게 달궜다. 오른팔만 정상이었다면 저 검을 상대로 마음껏 싸워보고 싶었다.

그걸 본 야월화가 불안해하며 소매를 붙잡고 만류했다.

"낭왕도 왔어요. 사형은 빠지세요. 제발."

그녀의 말마따나 방야철이 천류영 옆에 당도했다.

천류영이 그를 향해 말했다.

"방 대협! 풍운을 도와 저 왜장을 잡아주십시오."

방야철은 천천히 숨을 들이켜며 풍운과 겐죠를 주시했다. 그러다가 묘한 느낌이 묻어나는 고소를 삼키고는 고개를 저었다.

"분타주, 내가 들어갈 수 있는 싸움이 아니네."

천류영의 눈이 동그래졌다.

"예?"

"흥분되는군. 더 분발해야겠어."

"무슨 말씀을 하시는 겁니까?"

"설사 풍운 소협이 죽더라도 들어갈 수 없다는 말이네. 지금 풍운은 두 가지와 싸우고 있어."

"……?"

"절대고수, 그리고 바로 자기 자신이네. 만약 내가 끼어든다면 풍운 소협은 지금의 깨달음을 다시 얻기 위해서 얼마나 더 오랜 시간을 보내야 할지 몰라. 저 친구는 지금 무아지경에서 떠오르는 새로운 초식을 펼치고 있는 거네. 일생에 한 번 올까 말까 한 기연이지."

천류영은 그 무슨 해괴한 말이냐고 물으려다가 입술을 깨물었다.

깨달음이라…….

그러고 보니 자신도 비슷한 경험을 얼마 전 하지 않았던가.

알 수 없는 초식들이 머릿속에서 마구 그려지던 순간. 사실 천류영은 검을 들고 아직도 생생한 그 선들을 따라가고 싶은 마음이 불쑥불쑥 치밀고 있었다.

요동치는 천류영의 표정을 본 방야철이 흠칫하더니 물었다.

"설마 자네도?"

천류영이 묘한 미소를 머금고 말했다.

"저도 왜구들과 싸워도 되겠습니까?"

사실 지휘는 이제 필요 없는 상황이었다. 하지만 겐죠가 들이닥칠 경우를 대비해야 한다.

방야철이 기가 막혀 말문을 잃었다.

풍운은 상식을 뛰어넘는, 어쩌면 고금제일의 무공 천재

이니 그러려니 할 수 있다. 그러나 검술에 입문한 지 고작 일 년 남짓한 천류영에게 어떻게 그런 깨달음이 올 수 있단 말인가.

희박하지만 만에 하나라도 그런 가능성이 존재한다면 그건 죽음과 맞서…….

그제야 방야철이 피폐한 천류영의 얼굴을 제대로 보고는 놀라 외쳤다.

"자네, 괜찮은 건가?"

"죽기는 싫으니 제 뒤를 살펴주십시오."

일종의 실전 합격을 요청하는 말이다. 방야철은 한숨을 삼키고 물었다.

"그럼 지휘는 누가?"

천류영이 싱긋 웃고 뒤돌아 외쳤다.

"야월화! 어서 와서 지휘를 맡아주시오!"

야월화가 기가 막혀 아무 말도 못하는 사이, 천류영이 전장에 뛰어들었다.

그리고 잠시 후, 야월화가 급히 천류영의 자리로 들어서는 순간, 풍운과 겐죠 사이에서 지금까지와는 비교도 할 수 없는 폭음이 터졌다.

콰아아아아앙!

그 둘이 뒤로 주르륵 밀려났다.

겐죠가 양 뺨을 부들부들 떨며 물었다.

"너, 너 대체 뭐냐?"

풍운은 절대고수인 겐죠가 눈앞에 있는데도 잠시 눈을 감고 양팔을 펼쳤다. 그러고는 천천히 심호흡을 하며 눈을 떴다.

그의 눈에서 푸른빛이 영롱하게 피어나더니 점차 사그라들었다. 풍운은 고개를 내려 묵묵히 제 손과 검을 보았다.

겐죠가 빽! 소리를 질렀다.

"새파란 애송이가 감히! 감히 나를 상대로 깨달음의 결투를 해?"

풍운은 분노해 일갈하는 겐죠를 무심히 보다가 빙그레 웃었다.

"미안, 네가 왜장인 것도 잠시 잊었어."

"이런 개 같은!"

"설이 누님 때문에 분노했고, 당신의 압도적인 무력이 주는 벽에 막막하기도 했는데, 어느 순간 다 잊어버렸어. 이런 기분은…… 처음이야. 훗, 고맙다고 해야 하나?"

그러면서 풍운은 가볍게 땅을 치며 몸을 흔들었다. 조금만 더 힘을 주면 마치 날아가 버릴 듯 몸이 가벼웠다.

자신이 빠름을 만드는 것이 아니라 빠름에 몸을 맡기는 경지. 할아버지에게 말로만 듣던 초극쾌가 이런 것이구나, 라는 생각이 들었다.

"감히! 감히 나를 상대로! 대체 네놈의 정체가 뭐냐?"

겐죠가 이를 박박 갈았다. 그의 신형과 칼에서 붉은 연무가 피어나더니, 핏빛처럼 짙어졌다. 그러자 풍운이 앞으로 움직이며 대꾸했다.

"절대를 잡아먹는 초절정."

"……!"

"그걸 지금부터 보여줄게."

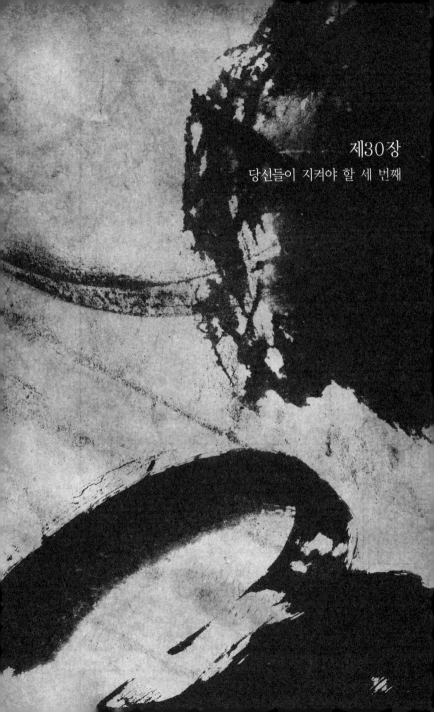

제30장
당신들이 지켜야 할 세 번째

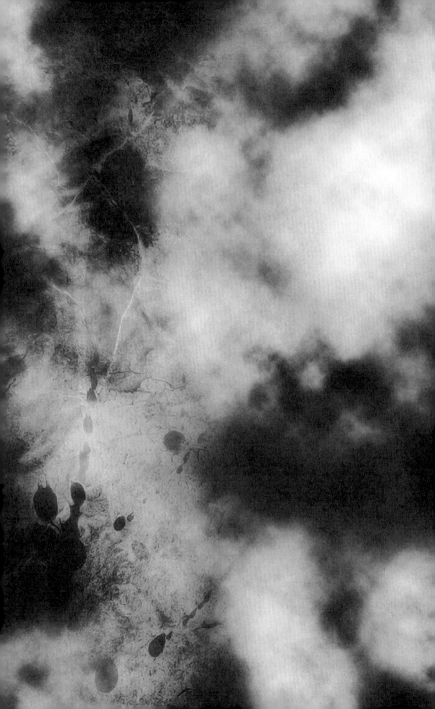

1

풍운은 서두르지 않았다.

그러나 그의 신형은 언제라도 벼락처럼 뻗어 나갈 듯한 힘을 숨기고 있었다.

그걸 감지한 겐죠가 주춤하며 어금니를 깨물었다.

핏빛 연무에 둘러싸인 겐죠는 흥분을 가라앉히려고 노력하면서 일갈했다.

"어설픈 애송이, 너 따위가 감히 절대의 경지를 논하는 거냐? 절대란 무공의 모든 부문에서 완벽에 다다른 것을 뜻한다. 너처럼 하나만 특화되었다고……."

풍운이 미간을 살짝 찌푸리며 겐죠의 말을 끊었다.

"두려워하네?"

"뭐?"

"내 빠름을 두려워하잖아."

"크케케케케, 내가 겨우……."

풍운이 다시 겐죠의 말을 삼켰다.

"아니라면 그렇게 나불대지 않아도 될 텐데."

"건방진 놈."

"또한 당신은 지금 수하들이 죽어가는 데도 나를 경계하느라 구할 생각조차 못하잖아. 제 목숨이 그렇게 귀한가, 아니면 죽는 게 두렵나?"

"……."

정곡을 찔렸을까?

겐죠는 입술을 잘근잘근 깨물며 대꾸하지 않았다. 그런 겐죠를 흥미로운 눈으로 바라보며 풍운이 말을 이었다.

"악당이긴 하지만 당신 덕분에 내가 하나의 벽을 깼으니, 보답으로 얘기 한 토막 해주지. 내가 몸담고 있는 문파의 개파 시조께서는 초절정의 경지였지만 당시 천하제일인이었던 절대고수를 이겼어. 그분께서 남기신 말이 있어."

겐죠의 눈에 기광이 일었다.

"무슨 말이지?"

"상대가 진짜 절대고수였다면 이기지 못했을 거라고."

"진짜…… 절대고수?"

"사람들은 막연하게 이류와 일류를 구분하고 절정과 초절정을 경계 짓지. 하지만 사실 그건 애매모호해. 그냥 느낌이고, 서로 간의 승부로 누가 조금 누구보다 낫다고 하는 거잖아. 명확한 기준은 없단 얘기지. 솔직히 삼류가 이류를 이기는 경우도 흔하고, 특급이 절정을, 또는 절정이 초절정을 제압하는 경우도 종종 있잖아."

"……."

"그런 점에서 사실 가장 애매한 것이 삼류와 이류, 그리고 초절정과 절대의 경지라고 하셨지. 특히 절대란 말은 말 그대로 절대자야. 무적이지. 신화에나 나오는 무신(武神)이나 마신(魔神) 같은 경우. 당신이 그런가?"

겐죠가 입술을 꾹 깨물었다가 옹골차게 말했다.

"그렇다. 내가 절대다. 나는 검신(劍神)이다."

풍운이 고개를 저으며 조소를 깨물었다.

"아니, 당신은 진정한 의미의 절대고수가 아니야."

"나는……."

"왜냐하면 죽음을 두려워하고 있잖아. 허울만 무사고, 껍데기만 절대야."

둘이 나누는 대화는 고함과 비명이 울리는 전장에서 나직하게 진행됐다. 그러나 손거문은 그 대화를 들으며 곱씹고 있었다.

자신은 과연 무적인가, 라는 물음이 뇌리를 스쳤다. 그러면서 동시에 이틀 전 그 사내가 떠올랐다.

마지막까지 신음 한 번 흘리지 않던 인간.

팔이 부러지고 나서도 담담하게 '제가 졌군요'라고 말하던 놈의 무심한 표정. 그때 만약 그의 팔이 부러지지 않았다면 당장 칼로 겨뤄보자고 했을 것이다.

뭐랄까?

손거문은 풍운의 말처럼 겐죠가 진정한 절대고수가 아니라는 말에 동의했다. 오른팔이 멀쩡했다면 겐죠는 자신의 상대가 아니었다.

그런데 이틀 전 그 사내는 왠지 모르게 절대라고 불러도 딱히 거부감이 없을 것 같다는 생각이 들었다.

뒤늦게 짙은 아쉬움이 남았다.

어떻게든 그의 무력을 확인했어야 했는데.

하지만 무림서생의 측근일 터이니 곧 만날 수 있겠지, 라고 생각하며 상념을 접었다. 그러고는 풍운과 겐죠에게 집중했다.

겐죠는 연신 침을 삼켰다.

왜냐하면 초조함을 숨기려고 해도 그럴 수가 없었던 것이다.

풍운의 말마따나 수하들이 속속 쓰러지고 있었다. 그 많던 인원이 이젠 대충 훑어도 오백도 남지 않았다.

겐죠는 독하게 마음을 먹었다. 이래서는 애송이와의 승

부에 집중할 수 없고, 결국 패배하게 되리라.

수하는 버린다.

풍운이라는 빌어먹을 놈만 처리하고 빠져나간다.

그렇게 결심을 굳혔다.

그냥 몸을 빼내고 싶은 마음도 얼핏 들었지만, 이내 고개를 저었다. 저 무식하게 빠른 놈을 떼어내는 건 불가능할 테니까.

괜히 달아나면서 등을 보여 위험을 자초할 필요는 없었다.

'속전속결(速戰速決)!'

겐죠는 그렇게 생각하며 앞으로 움직였다.

파앗!

그의 신형이 흐릿해지더니 풍운의 바로 앞에서 모습을 드러냈다. 그리고 붉은 검광이 풍운에게 쏟아졌다.

쩡, 슈각.

풍운이 그 자리에 멈춰 겐죠의 검을 후려치고 다시 검을 휘둘렀다.

일 격! 그러나 진짜는 일 격 같은 이 격!

겐죠의 머리카락이 뭉텅 잘리며 허공으로 흩날렸다. 머리 일부분이 베어져 핏물이 흘렀다.

"크윽!"

겐죠가 대경해 급히 물러났다. 그 찰나의 순간에 검이 두 번 움직였다.

상단과 머리를 향해서!

만약 자신이 조금만 늦게 머리를 기울였다면 얼굴 절반이 날아갈 뻔했다.

한편, 그 광경을 목도한 손거문이 자신도 모르게 입술을 부르르 떨었다.

초극쾌다.

물론 조금 전에도 초극쾌를 보았다.

하지만 그때의 빠름은 일 초가 주는 무지막지한 속도였다. 그런데 지금은 그 시간마저 쪼개 버렸다.

지금 풍운은 초극쾌를 제 뜻대로, 자유자재로 펼친다는 의미였다. 이건 그 칼을 받아야 하는 입장에서 어마어마한 압박을 받기에 충분했다.

단단히 긴장하고 대비하더라도 목이 뎅겅 날아갈 수 있었다.

만약 이런 풍운의 초극쾌를 인지하지 않았다면 자신도 무사하지 못했을 거라는 예감이 짙게 들었다.

그건 겐죠도 마찬가지였다. 아니, 실제 칼을 받아야 하니 훨씬 더 심했다.

풍운이라는 이 빌어먹을 놈은 상상할 수도 없는 무공 천재였다. 방금 초극쾌를 성취했는데 곧바로 자유자재로 운용하다니!

하긴 그러니까 불과 약관의 나이에 절정에 오르고, 또

일 년 만에 초절정이 된 것이겠지만, 하필 지금이 그때란 말인가.

하지만 푸념이나 욕설을 할 기회조차 주어지지 않았다. 물러나는 겐죠를 향해 풍운이 바짝 따라붙었다. 겐죠가 기겁성을 터트렸다.

"헉!"

풍운은 딱히 발로 땅을 차면서 추진력을 얻지 않았다. 서 있는 자세에서 그대로 코앞으로 다가왔다.

"이이, 미친!"

겐죠가 기함하는데, 풍운의 검이 불쑥 아랫배로 꽂혀 들어왔다.

겐죠의 혈검이 그것을 가볍게 쳐내는 동시에 뒤로 물러 났다. 힘을 과하게 주면 몸을 움직이기 어렵고, 그러면 또 언제 들이닥칠지 모르는 풍운의 검을 방어하기가 쉽지 않 을 테니까.

풍운이 그런 겐죠를 보다가 피식 웃었다.

"내 검을 튕겨내고 도망가는 게 당신이 선택한 방법이 라면, 나를 어떻게 이길 수 있지?"

"……."

"그래서 당신은 진짜 절대가 아닌 거야. 절대고수였다 면 맞부딪쳐 내 빠름을 깨려고 했을 테니까."

그 말을 들은 손거문이 싱긋 웃었다.

그랬다. 자신은 그렇게 했을 것이다.

그러나 겐죠는 치욕감에 얼굴이 붉게 물들었다. 풍운의 말이 송곳이 되어 자신의 가슴을 후벼 팠다.

하지만 지금은 방법이 없었다.

놈의 빠름에 익숙해지기 전에 부딪쳤다가는 비명횡사하기 딱 좋았다.

풍운은 다시 심호흡을 하고 입을 열었다.

"내가 이곳에 오기 전에 배를 태워주신 할아버지가 계셨어."

"······?"

"그분께서 말씀하시길, 가능하다면 왜장은 죽이기 전에 죽도록 패달라고 하셨지. 네가 밤마다 여인을 패고 베면서 죽인다는 얘기가 있던데, 진짠가?"

풍운은 눈살을 찌푸렸다. 겐죠의 비릿하게 떠오르는 잔인한 미소를 보고 그것이 사실인 것을 직감했다.

"진짜 개자식이었군. 좋아, 공격은 꿈에도 못 꾸고 그렇게 도망만 다닌다면, 내가 그 할아버지의 소원을 들어줄 수 있을 것 같은 예감이 드네. 나도 뭐, 한 번 잔인해져 보지."

"건방진······."

겐죠의 말이 입속으로 쏙 들어갔다. 다시 풍운이 어떤 사전 움직임도 없이 불쑥 앞으로 들이닥쳤다.

파아앗!

옆구리를 쓸어가는 칼.

젠죠가 혈검으로 그 칼을 막았다. 그런데 쏘아져 오던 풍운의 칼이 옆으로 휘어지며 애꿎은 허공만 갈랐다. 그에 젠죠의 혈검도 마찬가지 길을 걸었다.

빠각!

칼은 허초.

왼 주먹이 젠죠의 뺨을 가격했다.

"칙쇼(젠장)!"

쇄애액!

다시 움직이는 풍운의 칼. 젠죠는 신음조차 흘리지 못하고 그 칼을 막기 위해 혈검을 움직였다.

그런데 이번에도 풍운은 도중에 방향을 틀었다. 그리고 똑같은 결과를 낳았다.

콰직!

"크윽!"

이번엔 얼굴 한복판이다. 그의 코가 먼저 죽어간 다카시처럼 주저앉았다.

그리고 또 한 번 같은 결과가 펼쳐졌다.

퍼억!

젠죠는 턱을 얻어맞고 뒤로 급히 물러났다.

그 광경에 손거문은 혀를 찼다. 물론 자신이 정상이었

다면 겐죠를 반 각 안에 해치웠을 것이다. 아무리 그래도 지금 겐죠는 터무니없게 몰렸다.

진짜 절대가 아니라고 해도 압도적인 무력을 가진 고수였다. 그런 그가 지금 생전 처음 보는 빠름에 두려워하며 쩔쩔매고 있었다.

대체 이유가 뭘까?

이십여 년간 제대로 된 고수와 실전이나 비무를 해본 적이 없어서일까?

그럴듯하다. 하지만 그것이 만족스러운 답을 주지는 못했다. 필요조건이 될 수는 있어도 충분조건은 될 수 없다.

어쩌면…… 아까 풍운이 말했던 것처럼 자신이 죽을 수도 있다는 생각을 처음 해서일까?

겐죠 자신은 그가 만든 세상에서 절대자로 군림했다. 왜구에게 우상이고 신이었다. 처절한 투쟁이 없는 상황에서 그런 믿음은 하나의 종교가 되어버릴 수 있다.

손거문은 그 같은 생활이 이십 년 가까이 지속됐다면 그럴 수도 있겠다는 생각을 했다.

겐죠와 왜구들은 그렇게 약자를 괴롭히는 가학적인 세상을 창조했다. 하지만 진짜 강자가 나타나자 지금 어찌할 바를 몰라 하고 있는 것이다.

그렇게 풍운의 초극쾌가 주는 압박감에 겐죠는 이성을 잃고 두려움에 잠식되고 있었다.

겐죠의 신검합일.

그건 진짜였다. 그는 정말로 혈검과 소통하고 있었다. 하지만 이제 보니 검하고만 소통한 것이다.

진짜로 소통해야 하는 세상과 단절된 채.

손거문은 자신도 모르게 빙그레 웃었다.

무공의 깨달음이 찾아온 건 아니다.

하지만 그 못지않은, 일종의 삶과 칼이 나아갈 방향을 생각해 보게 되었다. 아니, 절대고수인 자신에게는 그것이 더 중요하다고 볼 수 있었다. 더더군다나 자신은 강호 초출이었기에.

슈가가각! 쩡쩡!

풍운의 칼은 쉼 없이 혈검을 두드렸다. 초극쾌를 따라잡기에 급급한 겐죠는 여전히 공격할 엄두조차 내지 못했다. 그렇기에 칼만 막다가 풍운의 주먹과 발에 속수무책으로 당했다.

퍽!

"크윽."

파직!

"꺼으윽. 칙쇼! 칙쇼!"

풍운의 원 주먹에 자주 시달린 겐죠의 뺨은 호신강기를 둘렀음에도 불구하고 벌겋게 부풀었다. 그의 이가 몇 개 튀어나왔고, 주저앉은 코에서는 핏물이 줄줄 흘렀다.

쨍쨍쨍! 쨍쨍! 퍼어억!

겐죠의 눈두덩이 부어올랐다. 그의 옆구리와 배가 욱신거렸다.

그럼에도 겐죠는 풍운의 칼을 막기 급급했다. 주먹과 발을 신경 쓰다가 칼을 놓치면 죽게 될 테니까. 호신강기를 둘렀으니 이 정도의 주먹은 감내할 수 있었다.

그렇게 이를 갈면서 겐죠는 기회를 노렸다.

분명 한 번의 기회는 찾아올 것이다. 그 기회를 놓치지 않고 단숨에 풍운의 숨통을 끊으리라.

퍼억!

"크윽."

지켜보던 손거문이 혀를 차며 고개를 저었다.

죽음을 두려워하게 된 무사, 오랜 세월 투쟁심을 잃은 무사가 어디까지 망가질 수 있는지 보는 것 같았다.

물론 그것이 가능했던 것은 겐죠를 뛰어넘는 풍운이 있었기 때문이다. 그럼에도 왠지 모르게 한 시대를 풍미했던 고수가 처절하게 망가지는 모습이 씁쓸했다.

매에는 장사가 없다는 말이 있다.

지금 겐죠는 분명 한 번의 기회를 노리고 있을 터였다. 그런데 정작 자신의 몸이 서서히 침몰하고 있는 것은 깨닫지 못하고 있었다. 아니, 인정을 하지 않으려는 것 같았다.

그때, 마침내 왜구들이 들고 있던 왜검을 내던지며 소

리를 질렀다.

"코후쿠! 코후쿠(항복! 항복)!"

"항복합니다. 졌습니다! 제발 살려주십시오!"

그들에게 살아서 도망칠 수 있는 마지막 희망이었던 겐죠 총대장이 풍운에게 연신 얻어터지는 모습을 본 왜구들이 마침내 최면에서 풀려났다. 그들이 드디어 병장기를 내려놓고 무릎을 꿇었다.

그 수가 이백오십여 명에 불과했다.

정파인들과 사파인들이 동시에 함성을 질렀다.

"와아아아아!"

"이겼다아아아!"

모두가 환호하는 가운데 천류영만 멋쩍게 웃었다. 그 모습에 방야철이 실소를 깨물었다.

"부족한가?"

천류영이 고개를 저으며 어깨를 으쓱거렸다.

"아닙니다. 부족한 것은 대협이나 풍운과의 비무로 채우면 되지요. 깨달았던 것을 잊지 않고 갈무리한 것으로 족합니다."

방야철은 고개를 끄덕였다.

천류영이 보여준 칼은 조금 독특했다.

여전히 방어와 찌르기가 주축이었다.

그런데 처음으로 허초가 섞였다. 아직 완전한 모습을

보여준 것이 아니라 섣부른 판단을 할 수는 없지만, 실초와 허초를 능수능란하게 쓸 수 있게 된다면 최소한 일류 수준이라는 뜻이다.

만약 완전한 초식으로 진화한다면 초일류까지 나아갈지도 모른다는 생각이 들었다.

'설마.'

방야철은 쓴웃음을 깨물었다.

아무리 타고난 재능과 혹독한 수련이 뒷받침된다 하더라도 일 년 만에 초일류까지 나아갈 수는 없었다.

왜냐하면 내공이 걸림돌로 작용하기 때문이다. 무공에 있어서 내공은…….

방야철이 흠칫 눈을 치켜떴다.

그러고 보니 천류영은 이미 내공에 관한 기연을 얻었다.

희대의 영약인 소림사의 대환단과 맞먹는다는 당문의 보물, 만액환단.

그것이 만약 천류영의 공력으로 모두 흡수된다면?

방야철이 상념에 빠져드는데 남궁수와 장득무, 그리고 화가연이 피투성이가 된 채로 달려왔다. 서언도 천류영을 향해 뛰었다.

"어이, 분타주! 고생했다."

"형님, 제가 도운 거 잊으면 안 됩니다."

"오라버니! 이겼어요. 사천에서 이기고 또 이겼어요."

"수고하셨습니다."

축하의 말이 잇따랐다. 그러나 천류영은 손사래를 치며 고개를 돌렸다.

"아직 다 끝난 게 아닙니다."

그의 시선을 무수한 사람들이 쫓았다.

풍운과 겐죠의 대결.

그 둘만의 전장엔 여전히 결투가 진행 중이었다.

슈가가각! 서걱!

풍운의 칼이 겐죠를 휩쓸었다. 몸이 무거워진 겐죠는 이젠 칼도 제대로 튕겨내지 못했다.

그저 몸의 급소를 막아내는 데 급급해서 일격 같은 이격인 두 번째 초식은 거의 무방비로 내주다시피 했다.

파아앗, 서걱!

그의 어깨살이 베어져 나갔다. 그의 허벅지 피부가 벗겨졌다. 머리카락과 머릿살도 잘려 나갔다.

그렇게 겐죠는 자신이 흘리는 피로 혈인이 되어가고 있었다.

'으으으, 빨라, 너무 빨라.'

겐죠는 뒤늦게 깨달았다. 자신이 기다리고 있던 기회가 찾아오지 않을 수도 있다는 것을. 그렇다면 결국 죽음을 피할 수 없었다.

"으아아악! 나는 겐죠다!"

그가 비명 같은 고함을 지르며 마침내 공격을 시도했다. 그 모습에 손거문이 피식 웃었다.

진즉 그리했어야 하거늘, 이미 늦었다.

죽음을 너무 두려워해 반격해야 할 때를 놓쳤다.

풍운은 겐죠의 붉은 검을 피하며 검을 가볍게 튕기듯 내리쳤다.

서걱.

겐죠의 왼손이 힘없이 땅으로 떨어졌다.

순간, 겐죠가 부르르 몸을 떨었다.

손목에서 콸콸 쏟아지는 피보다 떨어진 제 손에 눈이 닿았다.

"내, 내 손이……. 이럴 수가 없어. 나는 절대야. 검신이란 말이다!"

쇄애액, 파직!

그의 한쪽 무릎이 박살 나는 소리가 허공을 섬뜩하게 울렸다. 겐죠의 몸이 기울며 땅에 주저앉았다. 그가 으르렁거리며 혈검으로 풍운을 가리켰다.

"와라! 절대고수의 칼을 보여주마! 와라, 오란 말이야! 나는 검신이다!"

그 모습에 남궁수가 말했다.

"정신이 나갔군."

화가연이 몽롱한 눈빛으로 중얼거렸다.

"대체 풍운 소협은 얼마나 더 강해진 거죠?"

아무도 그 질문에 답하지 못했다. 그저 많이라고 밖에 할 말이 없었다.

천류영이 앞으로 걸었다. 그의 등을 정파인들과 사파인들이 모두 쫓았다.

풍운은 광분해 울부짖듯 외치는 겐죠를 보며 입술을 깨물었다. 이제 마지막 숨통을 끊을 순간이었다. 그가 칼을 휘두르려는데, 천류영이 팔을 잡았다.

"됐다."

"형님……."

"여기까지야. 이 쓰레기로 인해 네가 더 잔인해질 필요는 없어."

"……."

"이자의 마지막은 항주의 백성들이 하게 될 거야. 그게 맞아."

그 말에 겐죠가 끼어들었다.

"감히, 감히 천한 것들이 나를……."

풍운의 신형이 순간 사라졌다. 그리고 겐죠 앞에서 나타났다. 겐죠는 몸을 부르르 떨며 움직이지 못했다.

마혈이 제압된 것이다. 그리고 말도 하지 못하게 아혈까지.

그때, 전장으로 한 사내가 미친 듯이 달려 들어왔다.

그는 사오주 지부에 있던 무풍단주였다.

무풍단주는 싸움이 끝난 전장을 훑고는 급히 손거문과 야월화를 향해 다가갔다. 그런데 그가 흘낏흘낏 천류영을 쏘아보는 눈초리가 여간 사납지 않았다.

그 모습을 본 천류영이 귀밑머리를 긁적거렸다.

방야철이 다가와 속삭였다.

"아무래도 지부로 쳐들어간 왜구 중 항복한 놈들이 있었나 보네."

"그렇겠죠?"

"싸울 준비를 할까?"

방야철이 풍운을 보고 말을 이었다.

"풍운 소협과 내가 있으니 우리가 훨씬 유리하네."

천류영이 쓴웃음을 깨물었다. 마음 같아서는 당장 독고설에게 달려가고 싶었지만, 아직 이곳에서의 일은 끝난 것이 아니었다.

2

태양이 자취를 감춘 하늘.

엷은 어둠이 허공을 물들이기 시작했고, 잔잔히 부는 바람도 조금 서늘해졌다.

천류영은 낭왕의 제안에 고개를 저었다.

"더 이상의 싸움은 계획에 없습니다. 사오주와 정말로 척을 질 생각은 애초에 없었어요. 방 대협, 여기에서는 이렇게 한 방 먹인 것으로 족합니다."

사오주를 골탕 먹인 것.

그건 천류영이 자신의 방식으로 그들에게 책임을 물은 것이다. 이곳을 하늘도 버린 땅으로 만들어 버린, 부패한 정파인들과의 공동 책임을.

"자네의 뜻은 알지만, 저들이 막무가내로 나올 수도 있으니 하는 말일세."

"아뇨. 억울하고 분통이 터져도 지금은 참을 겁니다."

서언이 의아한 눈빛으로 끼어들었다.

"정말 저들이 참겠습니까?"

"예. 문상 야월화가 막을 겁니다."

"……?"

서언은 고개를 갸웃거렸다.

자존심 강하고 독하기로 유명한 그녀가 과연 그럴까? 천류영이 말을 이었다.

"야월화는 수하들을 지휘하는 일도 팽개친 채 목숨을 걸고 손거문을 지키려고 했습니다. 수하 고수를 보낼 경황도 없이 직접 달려갔어요. 그녀는 그가 위험해질 수 있는 상황은 결코 만들지 않을 겁니다."

"음, 그럴 수도 있겠군요. 그럼 혹시…… 분타주께서는 손거문이 부상당할 것도 예상하셨습니까?"

천류영이 찰나 멍한 얼굴로 눈을 껌뻑거리다가 당황하며 손사래를 쳤다.

"설마요. 저는 족집게 점쟁이가 아닙니다. 대화로 담판 지을 생각이었습니다."

서언은 어떤 대화를 나눌 것인지 궁금했지만, 일단 고개를 끄덕였다.

"그렇군요. 알겠습니다."

"서언 단주님, 수하들을 뒤로 물리고 전열을 정비하세요. 성정 급한 사파인들로 인해 돌발사태가 벌어질지도 모르니까요. 괜한 허점을 보여 저들의 충동을 부채질할 필요는 없습니다."

"복명!"

그가 호기롭게 말하고는 뛰어갔다.

지금 정파와 사파의 무사들은 항복한 왜구들을 포박하고 동료들의 시신을 수습하는 데 열중하고 있었다. 일부는 왜구의 시신을 묻을 구덩이를 파고 있었다.

천류영은 풍운과 남궁수 일행에게도 말했다.

"너희들도 함께 가서 주작단주를 도와줘. 풍운과 유명한 후기지수들이 함께 있으면 수하들도 불안해하지 않을 테니까."

돌아가는 전후 사정이 궁금했지만, 남궁수 일행은 흔쾌

히 수락했다. 하지만 풍운은 어깨를 으쓱하며 곤란하다는 표정을 지었다.

"형님의 호위는 전데요?"

"나는 괜찮아. 그리고 싸울 일 없다니까."

"그래도……."

"너와 함께 손거문에게 다가가면 경계를 심하게 할 거야. 그럼 제대로 된 대화가 어려워져."

낭왕이 소리 없이 웃고는 끼어들었다.

"풍운 소협, 이번만 분타주의 호위를 내게 맡겨두게. 설마 나를 못 믿는 건 아니겠지?"

풍운은 어쩔 수 없다는 듯이 고개를 끄덕였다.

"음, 알았어요. 그런데 설이 누님은 어디에 있어요?"

천류영의 얼굴에 슬픈 기색이 스쳤다. 그는 한숨을 삼키고 말했다.

"나중에, 나중에 얘기하자. 지금은 내가 저들과 담판을 지어야 하니까."

모두가 빠져나가고 천류영 주변엔 방야철과 검학자만 남았다.

전후 사정을 모르는 검학자는 딱히 할 말이 없었다. 지금 왜 이런 대화가 오가는지도 몰랐다.

하지만 상황이 영 요상했다.

그가 머리를 굴리는데, 천류영이 말했다.

"검학자 장로님, 함께 가시겠습니까? 물론 궁금한 것이 많을 줄 압니다. 나중에 설명할 기회가 있을 테니, 잠시만 참아주십시오."

검학자는 자신을 참여시키는 이유가 손거문, 야월화와 함께 싸운 것 때문이라고 생각했다.

생사를 함께한 혈투.

그건 아주 짧은 순간이라도 깊은 전우애를 느끼게 하니까.

뭐랄까.

남궁세가의 장로로서 중요한 회담에 합류하게 된 것이 기분 좋았다. 그러면서도 가슴이 답답할 정도로 궁금한 것이 있었다.

"허허허, 나를 존중해 주니 오히려 내가 고맙네. 기꺼이 합류하지. 그런데 하나만 물어도 괜찮겠나?"

"저들과 동맹을 맺었는데 왜 갑자기 싸울 수도 있는 상황이냐는 것이죠?"

"그, 그렇다네."

천류영이 별거 아니라는 듯이 담담하게 답했다.

"제가 왜구 일부를 꼬드겨 저들 지부를 공격했습니다. 그래서 저들은 왜구가 공동의 적이라 생각하고 우리와 동맹을 맺은 겁니다."

"헉!"

"그런데 지금 저들이 진실을 알았습니다."

"허억!"

검학자는 아연한 얼굴로 눈을 치켜떴다. 앞으로 내딛던 발이 제자리로 돌아왔다.

그러면서 손거문 주변을 보았다. 쟁쟁해 보이는 사파인들 이십여 명이 서슬 퍼런 눈으로 이곳을 노려보고 있었다.

검학자는 갑자기 그곳이 호랑이 굴로 보였다. 그의 짧아진 수염 아래로 목젖이 연신 꿀렁거렸고, 몸에 한기가 들었다.

그냥 남궁수의 벗이 어떤 사람인지 보러 놀러왔을 뿐인데 대체 왜 일이 계속 꼬이는 건가. 아무래도 오늘 하루 동안 십 년 수명이 단축되는 기분이 들었다.

"부, 분타주. 그, 그렇다면…… 내가 저들 입장이라도 자네를 죽이려고 달려들 것 같은데?"

천류영이 고개를 젓고 대꾸했다.

"그럴 일 없게 잘 마무리 지을 테니까 너무 걱정하지 마십시오."

"허허허, 믿네. 하지만 유비무환이라고, 풍운 소협이라도 다시 부르는 건……."

천류영이 그의 말을 매정하게 끊었다.

"그럴 필요 없습니다. 자, 가시죠."

검학자는 먼저 빠져나간 사람들이 부러워졌다.

사오주의 무풍단주는 천류영을 흘낏 쏘아보면서 속으로

이를 갈았다. 결국 놈에게 속아 무상과 문상이 정파에 협조한 것이다.

'사특한 놈.'

그는 속으로 욕을 뱉으며 무상에게 다가가다가 자신도 모르게 침음을 삼켰다.

문상이 무상의 오른팔에 부목을 대 천으로 묶고 있었다.

"이, 이게 대체? 다치신 겁니까?"

세상에 어느 누가 무상의 팔을 부러뜨릴 수 있단 말인가.

그가 충격에 빠져 질문을 던지자 손거문이 왼손으로 손사래를 치고는 담담하게 대꾸했다.

"별것 아니야. 이틀 전 팔씨름의 후유증이지. 그런데 무풍단주가 여기에는 왜?"

그때, 야월화의 안색이 창백해졌다. 뇌리를 스치는 한 가지 가정.

지금 무풍단주가 온 이유라면 그것밖에 없었다.

"설마……."

그녀가 한차례 몸을 부르르 떨자 곁의 손거문과 흑수륵이 의아한 표정을 지었다. 무풍단주가 '역시! 문상이구나!' 라는 생각을 하는데, 야월화가 말했다.

"우리가…… 무림서생에게 속은 건가요?"

무풍단주가 고개를 끄덕이며 바로 답했다.

"예, 그렇습니다."

그가 최대한 간단하게 지부에서 있었던 일을 늘어놓았다.

삼백여 왜구의 기습.

흑하룬 장로를 비롯한 일백여 명의 사상자.

항복한 왜구에게서 흘러나온 섬뜩한 진실.

손거문이 부들부들 떨다가 이를 갈았다.

"무림서생, 이 개자식!"

그 주변의 사파인들이 노염을 삭이느라 입술을 세게 깨물었다. 그들 중 일부는 입술이 찢겨져 핏물까지 흘러내렸다.

그때, 정파인들이 갑자기 뒤로 물러나더니 전열을 정비하기 시작했다.

야월화는 그 광경을 흘낏 보면서 무풍단주에게 물었다.

"수하들은 얼마나 데리고 왔나요?"

무풍단주는 아차 싶었다. 무상의 부상에 충격을 받아 그 중요한 것을 보고하지 않았다니. 하지만 그래서 다시 야월화가 감탄스러워졌다. 그는 손에 쥐고 있는 명적을 내보였다.

"오백 명입니다. 이 명적을 불면 저 산 모퉁이에서 나올 겁니다. 더 데리고 오고 싶었지만 혹시 무림서생이 또 다른 수작을 준비해 두었을지 몰라서……."

야월화는 무풍단주가 가리킨 방향을 보며 고개를 끄덕이다가 흑수륵에게 명을 내렸다.

"우리도 수하들을 뒤로 물리고 전열을 재정비하세요."

흑수륵은 야월화의 말이 다 끝나기도 전에 '존명!'이라 외치며 뛰었다. 그의 등을 향해 야월화가 무겁게 말했다.

"제 명이 있기 전까지는 결코 정파인들을 도발하지 마세요. 설사 정파인들이 우리를 도발하더라도 제 명 없이는 움직이지 마세요."

흑수륵이 멈추고는 고개를 돌려 그녀를 보았다.

"설마 참으시려는 겁니까? 무림서생은 우리를……."

야월화가 그의 말을 차갑게 끊었다.

"토 달지 마세요. 이 전투의 지휘관은 접니다."

"……."

"항명이라도 하겠다는 겁니까?"

흑수륵의 얼굴이 일그러졌다. 그는 한숨을 삼키고 무상을 보았다.

그러나 손거문은 침묵했다. 그가 말이 없으니 주변의 간부들도 입을 열지 못했다. 결국 흑수륵은 고개를 저으며 야월화에게 답했다.

"아닙니다. 명을 따르겠습니다."

흑수륵이 다시 뛰었다.

그렇게 전장엔 묘한 위화감과 긴장감이 감돌기 시작했다.

야월화를 배려하느라 침묵하던 손거문이 입술을 뗐다.

"사매, 나 때문에 싸우지 않으려는 거냐? 혹시 내가 잘못될까 봐?"

정곡을 찔린 야월화가 아미를 찌푸렸다.

지금 전장에 있는 정파와 자신들의 인원은 엇비슷하다. 물론 전력은 더 위다. 절강 지부의 무사들은 사오주에서도 최정예에 속하니까. 거기에 오백의 대기 병력도 존재한다.

하지만 무상이 부상당했다. 그리고 정파엔 풍운과 낭왕이란 걸출한 고수가 건재했다.

이런 상황에서 전투가 벌어진다면?

자신의 용병술이 무림서생을 압도해야 승리할 수 있다. 그러나 야월화는 자신이 무림서생을 능가한다고 자신 있게 말할 수가 없었다.

무엇보다 싸움으로 인해 자칫 사형을 잃는 천추의 한을 남길 수도 있었다. 사형은 분명 물러나지 않을 것이고, 앞장서 싸울 테니까.

무풍단주나 주변의 간부들도 무상이 걱정되는지 입술만 깨물며 자리를 지켰다. 자신의 감정적인 언행으로 자칫 사오주의 미래이며 희망인 무상이 잘못될 수도 있다는 것을 인지하고 있기에.

"사형, 그 이유가 크긴 해요. 하지만 그게 다는 아니에요."

"사매, 나를 배려한다고 이런 굴욕을 참으려는 거냐? 무림서생은 사오주 전체를 모욕한 거야!"

"사형, 그게 다는 아니라고 말씀드렸어요."

"당최 또 다른 이유가 뭐가 있을 수 있단 말이냐?"

야월화는 천류영이 낭왕과 검학자만을 대동하고 오는 것을 보았다. 그 모습에 쓴웃음이 절로 흘러나왔다.

보면 볼수록, 겪으면 겪을수록 정말 대범한 인간이다.

손거문을 비롯한 이십여 사파인들은 기가 막힌다는 표정으로 다가오는 천류영을 보다가 고개를 절레절레 저었다.

야월화가 말했다.

"풍운을 데리고 오지 않네요. 두 명의 호위만 대동하고 우리에게 온다는 건 대화를 하겠다는 거죠."

손거문이 눈살을 찌푸리며 물었다.

"우리를 속인 놈들이야. 대화가 필요한가?"

"무림서생은 지금 우리가 얼마나 분노하고 있는지 잘 알고 있어요. 그럼에도 두 명의 호위만 데리고 오고 있어요. 그중 한 명은 지칠 대로 지친 남궁가의 늙은이죠."

"……."

"우리가 섣부르게 준동해서는 안 되는 이유. 사형을 걱정한 점도 있지만, 무림서생으로부터 들어야 할 얘기가 남아서이기도 해요."

"아직도 저놈의 말을 믿을 수 있다는 거냐?"

그가 역정을 내자 야월화가 차분하게 대꾸했다. 손거문과 주변 간부들의 눈을 천천히, 그리고 일일이 마주치며.

"지부에서 항복한 왜구가 진실을 말할 가능성을 무림서

생이 과연 몰랐을까요?"

"……!"

"사형, 저자는 무림서생이에요. 사천에서 마교와 흑천련의 정예 선발대를 농락하고, 이곳 항주에서도 왜구와 우리를 가지고 놀았죠. 우린 지금 그런 인물과 마주하고 있어요. 감정이 앞서면 저자에게 계속 농락당하게 될 거예요."

손거문이 눈가를 찌푸렸다가 대꾸했다.

"그러니까 저런 녀석은 세 치 혀를 움직이기 전에 죽여버리는 게 좋다."

야월화가 이마를 짚으며 고개를 절레절레 저었다.

자신은 무상의 모든 것을 사랑했다. 이렇게 가끔 무식한 말을 하는 것만 빼고.

"사형, 다시 말하지만, 저자가 우리를 속이고도 담대하게 나오는 이유가 뭐겠어요? 할 말이 있고, 그 말에 자신이 있다는 거죠. 그리고 그 말을 듣지 않으면 손해 보는 쪽은 우리라는 뜻이고요."

그녀는 말을 마치고 삼십여 장 떨어져 있는, 수천의 병력이 대치하고 있는 전장을 보았다. 정파의 선두에 있는 풍운.

무지막지하게 빠른 그가 이곳까지 당도하는 것은 순식간이다. 그때까지 낭왕을 무너뜨리고 천류영을 잡거나 죽일 수 있을까?

회의적이다.

그리고 풍운과 낭왕이 함께 반격한다면?

오히려 이십여 명밖에 없는 이쪽이 더 위험해진다.

하지만 차마 그 자존심 상하는 진실을 말할 수는 없었다.

마침내 천류영이 삼 장 거리까지 다가와 멈추고는 손을 흔들었다.

"문상, 우여곡절이 있었지만 싸움이 승리로 끝났습니다. 고생하셨어요. 조만간 함께 저녁 식사를 하는 건 어떻습니까?"

여유와 미소가 깃든 그의 어조에 손거문의 미간이 구겨졌다.

야월화는 한차례 심호흡을 했다. 그러고는 천류영을 날카롭게 쏘아보며 상대했다.

"우리에게 제대로 한 방 먹이셨더군요."

천류영이 빙그레 웃으며 담담하게 대꾸했다.

"삼백의 왜구를 말하는 거겠지요?"

그의 미소를 본 야월화는 속에서 천불이 났다. 그러나 태연하게 미소 지었다.

"그래요. 뭐, 어차피 전쟁이란 게 그런 거니까 당신을 탓하고 싶지는 않아요. 나라도 이용할 수 있는 건 다 했을 테니까."

"과연 문상 야월화십니다. 화통하시군요."

천연덕스러운 대꾸에 사파인들은 이를 악물었다. 하지

만 야월화는 차분하게 말을 받았다.

"호호호, 뭘 이 정도 가지고. 하지만 이 가슴속의 노염은 사그라지지 않네요. 왜냐하면 당신은 우리에게 동맹을 제안했어요. 함께 싸우자고 했고요. 그런데 이렇게 비겁할 줄이야. 오늘의 치욕은 결코 잊지 않죠."

천류영은 얼굴에서 미소를 지우고 귀밑머리를 긁적거렸다.

"동맹을 제안하기는 했지만, 선택은 그쪽에게 일임한 것으로 기억합니다만?"

야월화의 아미가 찌푸려졌다.

"흥, 그래서 좋은가요? 우리가 당신의 속임수에 넘어가 농락당하는 모습을 보며 속으로 쾌재를 불렀겠군요."

"설마요."

"설마라고요? 당신은 정말이지, 너무 파렴치하군요."

천류영은 이맛살을 찌푸리고 입맛을 다시다가 물었다.

"파렴치하다? 뭐, 그래서 당신 지부의 사상자가 얼마나 됩니까?"

"장로님 한 분과 일백의 사상자. 당신이 우리에게 입힌 손실입니다."

지휘관인 사매를 존중하기 위해 참고 있던 손거문이 마침내 입을 열었다.

"무림서생, 네가 왜구를 사주하고 피해가 얼마냐고 물

을 줄이야. 후안무치(厚顏無恥)도 정도가 있지!"

그러자 천류영의 표정이 갑자기 서늘해졌다. 그의 입에서 흘러나오는 목소리도 차가웠다.

"고작 그 정도의 피해로…… 지금 장난합니까?"

사파인들은 순간 자신들의 귀를 의심하며 말문을 잃었다.

그 와중에 검학자만 침을 꼴깍꼴깍 삼켰다. 엎드려 사과를 해도 모자랄 판에 성질을 북돋다니. 그는 아까 남궁수 일행이 빠져나갈 때 같이 갔어야 했다며 다시 한 번 후회했다. 십 년 수명이 또 한 번 단축되는 기분이 들었다.

그는 단전의 내공을 조심스레 확인해 보았다. 쥐꼬리만큼 남은 공력. 검학자는 연신 한숨을 삼켰다.

손거문이 눈을 부릅뜨며 천류영을 직시했다. 그의 날선 반문이 허공을 쪼갰다.

"장난하냐고? 무림서생, 너 지금 우리에게 장난하냐고 물은 거냐?"

그의 음성이 분기로 부들부들 떨렸다. 방귀 뀐 놈이 성낸다더니, 지금이 딱 그 꼴이 아닌가.

손거문의 안위를 위해 최대한 참고 있던 야월화도 기가 막혀서 일갈했다.

"우리가 지금 장난하는 걸로 보이나요? 당신, 정말이지……."

그녀는 차마 말끝을 잇지 못했다, 사형의 부상만 아녔

으면 당장 요절을 냈으리란 말을.

천류영이 그녀의 말을 받았다.

"우린 이천이 넘게 죽었습니다."

"……!"

"그런데 그 정도로 지금 피해자인 척 구는 겁니까?"

손거문과 야월화, 그리고 주변의 이십여 사파인들은 당황했다.

그들은 항수 포구에서부터 이곳까지 싸우며 죽어간 정파인들이 천류영과 어떤 관계인지 알지 못했다. 그렇기에 지금 천류영의 반격은 순간 말문을 막히게 만들었다.

잠깐의 정적.

야월화가 콧방귀를 뀌고는 차갑게 반박했다.

"그렇다고 왜구를 동원해 우리를 친 사실이 용납될 수는 없어요. 신뢰를 깨트린 건 당신이에요, 무림서생!"

천류영이 격하게 고개를 저었다. 그러면서 한차례 짧게 웃고는 야월화를 직시했다.

"우습군요. 신뢰가 있긴 했습니까? 당신들은 우리와 왜구의 싸움이 끝난 다음에…… 우리의 뒤를 노리고 있지 않았습니까? 분명 이틀 전, 당신들이 저에게 그렇게 대놓고 협박했습니다만. 그런데 이제 와 신뢰를 언급하는 겁니까?"

"……."

"당신들이 우리 뒤통수를 치려는 건 괜찮고, 우리는 그러면 안 되는 겁니까? 당신들이야말로 너무 뻔뻔한 거 아닙니까?"

"그, 그건 궤변이에요!"

천류영이 여전히 차가운 음성으로 받아쳤다.

"당신들에게나 궤변이지, 나에겐 현실입니다. 나는 분타 수하의 절반을 잃었어요. 당신들이 입은 피해보다 우리가 이십 배 더 큰 상처를 입었단 말입니다. 지금 내 가슴이 얼마나 찢어지는 줄 압니까? 피멍으로 문드러졌습니다!"

전후 사정을 세세히 알고 있는 방야철은 속으로 웃음을 꾹꾹 참았고, 검학자는 무거운 표정을 지었다.

3

결국 손거문이 격노한 음성으로 끼어들었다.

"어떤 말을 하더라도 결국 네가 한 짓은 비열한 속임수다."

야월화가 말을 받았다.

"어차피 당신이 시작한 싸움이었어요. 그 피해를 왜 우리에게 덮어씌우려는 거죠? 애초에 일본벌을 소탕한 건 당신들이라고요. 그러니 논점을 흐리지 말아요. 지금 여기에서 중요한 건, 당신이 우리를 속이면서 정파의 싸움에 사오주를 끌어들였다는 거예요."

그녀의 논리 정연한 지적에 잠시 당황하던 사파인들이 반색하며 고개를 끄덕였다. 검학자도 다시 숨을 죽이고 긴장했다.

천류영은 심호흡을 하고는 피식 웃었다. 그러고는 양손으로 자신의 뺨을 가볍게 치며 차분하게 대꾸했다.

"그렇게 해서라도 당신들을 일깨우고 싶었으니까."

"뭐라고요?"

"그렇게 하지 않으면 당신들과 우리, 둘 다 위험해지니까. 애초에 이건 정파만의 싸움이 아니라 공동의 싸움이었단 말입니다."

야월화가 시큰둥한 표정으로 콧방귀를 뀌었다.

"흥, 그건 또 무슨 궤변이죠? 당신은……."

천류영이 야월화의 말허리를 끊었다.

"배교. 정사를 가리지 않는 학살자."

"그, 그게 무슨?"

"왜구의 뒤에 배교가 있었단 말입니다. 그들이 우리를 노리고 있었어요."

"……!"

손거문과 야월화, 그리고 무풍단주를 비롯한 사파인들의 눈이 화등잔만 해졌다.

그렇게 사람들은 천류영이 치밀하게 써둔 각본 속으로 들어오고 있었다. 그건 아무리 똑똑한 문상 야월화라고 해도 빠져나올 수 없는 늪이었다.

왜냐하면 그녀에겐 배교에 대한 정보가 없었으니까.

천류영은 쏟아지는 시선을 받으며 말을 이었다.

"배교가 왜구와 손을 잡았고, 당신들과 우리를 치려고
했습니다. 그래서 내가 먼저 배교의 지원군이 왜구에 합
류하기 전에 움직인 겁니다."

잠시 침묵했던 야월화가 어이없다는 듯이 웃음을 터트
렸다.

"호호호, 말도 안 돼. 배교라니? 거짓말! 삼백 년 전에
멸교(滅敎)한 그들이 다시 나타났다는 말을 우리보고 믿
으라고? 억지를 부려도 정도가 있어야지!"

손거문도 쏘아붙였다.

"그 말이 사실이라면 왜 이틀 전에는 말하지 않았던 거
지?"

"그때 말했다면 믿었겠습니까? 제가 급하니 별소리를
다한다고 비웃고 조롱했겠지요. 지금처럼 말입니다."

"……."

"이미 지난 일, 누구 잘못이냐를 따지는 건 지금의 우
리에게는 무의미합니다. 앞으로의 얘기를 하죠. 조만간
배교도들이 소림사를 칠 겁니다. 어쩌면 연락을 받지 못
했을 뿐, 벌써 그런 일이 벌어졌는지도 모릅니다."

"……!"

"그다음은 이곳과 사오주 총타입니다."

무풍단주가 자신도 모르게 입을 쩍 벌리고 더듬거리며 중얼거렸다.

"그, 그래서…… 이, 이틀 전에 우리 지부와 총타가 위험하다고 했던 건가?"

주변이 얼어붙었다.

야월화의 말마따나 거짓말이라 생각하고 있었다. 그러나 절강 분타주씩이나 되는 인간이 소림사까지 들먹이면서 이런 거짓말을 한다는 것도 쉽지 않을 터.

사파인들의 머릿속은 어지러워졌다.

검학자도 입을 쩍 벌리고 몸을 부르르 떨었다. 그의 입에서 충격에서 벗어나지 못한, 떨리는 음성이 그제야 흘러나왔다.

"배교? 배교라니!"

검학자가 사색이 된 얼굴로 질문을 던졌다.

"분타주! 그, 그게 정말인가? 그들이 진짜 존재하고 소림사를 노리고 있다고?"

천류영이 고개를 돌려 그를 보며 대답했다.

"머지않아 들통나게 될 거짓말을 할 이유가 없지요. 무림맹 절강 분타주의 명예를 걸겠습니다."

"음, 그렇다면 배교의 존재를 세상에 밝혀야 하는 것 아닌가?"

"증좌가 아직 불충분합니다."

"그런데 자네는 어떻게 그리 배교가 존재한다고 확신하나?"

"작년, 사천에서 마교와의 교전 중에 그들의 존재를 알게 됐습니다. 풍운은 철강시와 싸움도 했습니다."

"……!"

"간단히 말하면, 그때부터 우군사인 빙봉이 배교를 추적했습니다. 그리고 운 좋게 그들이 어떻게 강호에 출도할 것인지 알게 됐습니다. 처음엔 소림사고, 그다음은 사오주 총타입니다. 그리고 정파와 사파의 경계선인 이곳은 왜구를 앞세워 진출하려 한다는 극비 정보를 입수한 것이지요. 뭐, 배교와 왜구가 이곳을 나눠 먹는 것으로 거래를 한 겁니다."

진실과 거짓이 섞인 말이 술술 흘러나왔다. 모두가 경악하는 가운데 방야철은 무표정했다. 속으로는 여전히 웃음을 참으며.

손거문이나 야월화는 천류영의 말이 사실일지도 모른다고 조금씩 생각하기 시작했다.

그러면 천류영의 무모해 보였던 행보가 전부 이해되니까.

검학자는 계속 천류영에게 질문 공세를 퍼부었다. 그건 사파인들도 궁금했던 것이기에 귀를 쫑긋 세우고 침묵했다.

천류영은 이 사실이 알려질 경우 세상에 닥칠 혼란을 막기 위해 극비에 부치고 있다고 말했다. 증거가 부족해 아직 무림맹 수뇌부도 반신반의하고 있다는 말도 덧붙였다.

그래서 빙봉과 자신이 적극적으로 움직이고 있다는 얘기도 했다. 자신은 이쪽을 맡았고, 소림사는 빙봉이 극비리에 지원을 나갔다는 정보도 풀었다.

방야철은 이런 상황을 한 발 떨어져 훑어보다가 천류영을 보았다.

문득 그런 생각이 들었다.

천류영이 적이라면?

그는 고개를 저었다. 그런 생각은 손톱만큼이라도 하고 싶지 않았다.

사실 이번 왜구와의 전투에서 승리하더라도 사오주는 속은 것을 알고 보복전에 나설 상황이다. 그러나 지금 천류영의 말로 인해 그러지 못하게 되리라.

왜냐고?

여기에서 핵심은 두 가지다.

배교가 진짜 존재하느냐는 것과 그들이 사오주 총타를 정말 노리고 있느냐는 점이다.

배교가 왜구와 협력하려고 했다는 건 이번 소탕전으로 인해서 진실을 확인할 수 없게 되었으니까.

그럼 두 가지 중 첫 번째, 배교의 존재 여부.

설사 배교가 소림사를 노리지 않더라도 상관없다.

중요한 건 배교가 존재하고, 곧 무림에 진출한다는 것이다.

그런데 그곳이 소림사가 아니라면? 그냥 그들의 작전이 바뀐 것으로 둘러대면 그뿐이다.

그럼 남는 건 하나다.

두 번째, 배교가 사오주 총타를 공격할 것이냐는 지적.

사실 이건 이틀 전 낭왕 자신도 궁금해 천류영에게 물었다. 배교가 사오주 총타를 노리지 않으면 어떻게 되는 것이냐고.

그러자 천류영이 빙그레 웃고는 이렇게 답했었다.

"방 대협, 작년 당문세가의 일을 기억하십니까? 무형지독 말입니다."

"응? 그야 당연히 기억하네만."

"사람에게 있어 진실이란 그런 겁니다. 진 가루라도 무형지독이라 믿게 만들면 사람들에겐 진 가루가 무형지독이 됩니다. 똑같은 겁니다. 사오주는 총타가 공격당하지 않아도 배교의 존재만으로 제 말이 진실이라고 생각하게 됩니다. 단단한 의심을 뚫는 최초의 믿음, 그게 중요합니다."

"……."

"배교가 소림사를, 혹은 어딘가를 공격하면 사오주는 당연히 제 말을 상기하고 총타의 전력을 끌어 올릴 겁니다."

"아, 무슨 말인지 알겠군."

"예, 사오주가 그리 대비하면 배교가 공격을 포기하는 상황이 생길 수 있습니다. 그러니 배교가 사오주 총타를 공격하지 않아도 상관없습니다. 사파인들은 자신들이 미리 대비해서 위험을 넘겼다고 생각하게 될 테니까요. 그렇게 거짓은 위협의 가능성이 존재하는 한, 사람의 머릿속에서 계속 진실로 머물게 됩니다."

"아……."

"이건 또한 배교가 어느 정도 쇠락하기 전까지 사오주를 붙잡아두는 역할을 하게 될 겁니다. 언제 그 공포의 무리가 기습해 올지 모르니 일단은 수성에 치중해야 하니까요."

"그, 그것까지! 천하의 세력도를 자네가 이번 전투로 다시 그려 버린 건가?"

천류영은 빙그레 웃고 답했다.

"사오주는 무시할 수 없는 세력이니까요. 게다가 그들은 저에게 선언했습니다. 무림맹을 향한 선전포고를. 마교와 흑천련의 재침공, 그리고 배교. 상황이 이러니 가능한 조금이라도 더 사오주를 붙잡아둘 필요가 있었습니다."

"하하하! 역시 자네야. 대단하이."

방야철은 그 대화를 상기하며 속으로 미소를 머금었다. 두 시진 전에 독고포는 삼백 왜구의 진실이 알려질 경우를 걱정했었다. 사실 그 점을 자신도 우려했다.

하지만 방야철은 천류영을 믿었다. 천류영이 배교를 이용해 사오주가 움직이지 못하게 족쇄를 걸어둘 것이라고.

문제는 대화를 어떻게 풀어갈 것이냐는 점이었다.

그리고 지금 천류영은 손거문과 야월화를 상대로 아주 훌륭하게, 그리고 극적으로 대화를 주도하고 있었다.

결국 이렇게 모든 조각들이 착착 맞아떨어졌다.

절강성에서 판을 짠 건 천류영이다.

서문창이 늪에 빠져 당할 수밖에 없었듯이 이들도 천류영의 의중대로 움직이게 될 것이다.

왜냐하면 어떤 의심을 품더라도 천류영이 이미 짠 판에서 벗어날 수 없을 테니까.

물론 그 그물망에서 벗어나는 방법이 전혀 없는 건 아니다.

다만, 그러기 위해선 배교가 그들을 공격하지 않을 것이란 확신이 필요했다. 그리고 중요한 것은 배교가 그런 믿음을 줄 리가 없다는 점이었다.

손거문이 침음을 흘리다 물었다.

"정말인가? 또 우리를 속이려는 건 아닌가?"

야월화도 충격에 젖었다.

정말 배교가 있단 말인가? 진짜 그들이 정파와 자신들을 노리고 있단 말인가?

그렇다면 차후 사오주의 행보는 처음부터 완전히 새로운 그림을 그려야 했다.

천류영은 섭섭하다는 표정으로 대꾸했다.

"인질로 잡은 왜구로 당신들 지부를 공격한 게 기분 나쁜 건 이해됩니다. 하지만 입장을 바꿔서 생각해 보십시오. 배교는 우리와 당신들의 공동 적이에요. 그런데 우리만 앞장서서 싸웠어요. 그 결과로 이천이 넘게 죽었지요."

"……."

"당신들이 내 입장이라면 화가 나지 않겠습니까? 우리뿐만 아니라 당신들도 구하기 위한 싸움인데. 그래서 겨우 삼백의 왜구를 보냈습니다. 이 싸움은 공동의 적을 향한 우리와 당신들의 연합전임을, 말로는 안 믿으니까 그렇게라도 일깨워 주기 위해서."

정적이 흘렀다.

대치하고 있던 정파와 사파의 무사들도 얘기가 길어지자 고개를 갸웃거리며 의아한 시선을 보내기 시작했다.

손거문이 입술을 꾹 깨물고 있다가 입을 열었다.

"지금 말이 사실이라면…… 그렇다면 정말 큰 빚을 진 것이겠지만…… 아니라면……."

천류영이 그의 말을 끊었다.

"사실입니다. 그러니 빚을 진 겁니다. 어떻게 갚을 겁니까?"

손거문은 말문이 막혔다. 그러자 야월화가 입을 열었다.

"우선 그 증거나 증인을 보여주세요. 배교가 존재한다는 증거."

"내가 이미 이틀 전에 말했죠. 내놓아도 조작했다고……."

야월화가 천류영의 말을 끊었다.

"일단 하나라도 내놔봐요. 판단은 우리가 할 테니까."

천류영은 잠시 숨을 들이마시며 야월화를 찬찬히 바라보았다. 그러고는 가볍게 혀를 찼다.

"쯧쯧, 제가 이미 언급했습니다."

"그게 무슨……."

야월화가 아미를 찌푸리며 자신의 말꼬리를 삼켰다. 천류영은 말했다, 풍운이 철강시와 싸웠다고.

"풍운이란 말이군요."

천류영이 고개를 끄덕이며 대꾸했다.

"봐요, 못 믿잖습니까? 그들에게서 빼낸 문서를……아! 그건 빙봉이 가지고 있습니다. 어쨌든 그것을 보여준다고 믿겠습니까?"

결국 답은 하나였다.

배교가 나타나기 전까지 진실을 알 방법이 없다는 것.

사파인들, 그리고 검학자의 고개가 옆으로 이동했다. 그들의 시선은 한결같이 풍운에게 꽂혔다.

풍운이 그 시선을 받고 어리둥절해하다가 제 손으로 자신을 가리키며 입을 열었다.

"지금 저를 보고 있는 겁니까?"

야월화는 물어봐야 의미 없다는 것을 알면서도 외쳤다. 자신이 알고 있기로는 풍운은 천류영과 얼마간 떨어져 있었다.

그렇다면 천류영과 풍운이 사전 모의를 했을 가능성이 줄어든다. 물론 오래전부터 이런 계획을 함께했다면 어쩔 수 없는 일이겠지만.

"당신은 작년 사천에서 철강시와 싸웠습니까?"

그녀의 고함에 정파와 사파의 무사들이 술렁였다. 그러자 풍운은 뒤통수를 긁적거리며 천류영에게 말했다.

"형님, 그거 말해도 돼요?"

천류영이 고개를 끄덕였다.

"그래."

"그렇다면야 뭐, 그랬어요. 철강시뿐만 아니라 강시견 열 마리도 해치웠죠."

"……."

"아쉬운 건, 그 배교의 주술사가 명염이라는 이상한 화공으로 철강시와 강시견을 태워 버려서 증거가 소실 됐죠. 끄려고 했는데, 안 꺼지더라고요."

천류영은 손거문과 야월화를 번갈아 보았다. 그 순간,

천류영의 눈에 이채가 스쳤다.

야월화.

그녀가 기절해 있는 겐죠를 보고 있었다.

그렇다!

진실을 알아내는 또 하나의 방법이 있었다.

겐죠를 심문하는 것.

천류영은 속으로 역시 사오주의 문상이라고 감탄했다. 끊임없이 의심하고 의심한다.

만약 자신이 판을 짜고 먼저 움직이지 않았다면…… 결코 만만치 않은 상대라는 것을 직감했다.

그러나 아무리 그녀라도 정파의 주도로 승리한 전투에서 적장을 내달라고 요구하기는 어려운 입장일 터.

어쨌든 그녀의 의심을 접게 만들기 위해서 겐죠보다 더 큰 것을 내놓아야 할 차례였다. 아무리 그녀라도 덥석 물 수밖에 없는 미끼를.

천류영이 선수를 쳤다.

"겐죠를 심문하고 싶은 겁니까?"

야월화가 입을 열려는데 천류영이 곧바로 말을 이었다.

"정말 끝까지 저를 의심하는군요. 더 많은 피해를 입었고, 당신들에게 엄청난 도움을 준 것인데 말입니다."

"알아요. 그리고…… 당신이 지금까지 한 말이 모두 사실이라면 미안하게 생각해요. 하지만 배교는 너무 엄청난……."

천류영이 화난 얼굴로 그녀의 말을 끊었다.

"좋습니다. 마음대로 하십시오. 이렇게까지 했는데도 의심을 거두지 않다니. 좋아요. 겐죠를 공동으로 심문하지요. 뭐, 막판에 정신이 나간 것 같긴 하지만, 의심을 풀려면 해봐야지요. 아니, 차라리 이건 어떻습니까? 달포 안에 배교가 무림에 나온다에 제 목을 걸죠."

미끼를 던졌다.

천류영이 이리 초강수로 나올 줄 예상 못했던 사파인들의 눈동자가 거칠게 흔들렸다. 검학자까지 당황하며 손사래를 쳤다.

"이, 이보게. 자네는 정파의 분타주네. 아무리 화가 난다 하더라도 어찌 그렇게 쉽게 목숨을 건단 말인가."

특히나 야월화는 자신의 귀를 의심했다. 만약 천류영이 그 말을 문서로 작성해 준다면 그보다 더 확실한 담보는 없었다.

천류영은 짜증스럽다는 얼굴로 야월화가 원하는 것을 말했다.

"원하면 지금 한 말을 문서로 작성하고 지장을 찍죠. 만약 달포 뒤까지 배교가 나타나지 않으면, 그 문서를 세상에 공표하세요. 그럼 저는 세인들의 조롱거리가 될 겁니다. 그렇게 문서도 작성해 드릴까요?"

천류영이 이렇게까지 말하니 사파인들은 그의 말을 믿지 않을 수가 없었다.

아니, 이젠 정말로 미안한 마음까지 들 지경이었다. 일부는 천류영의 불편한 심기를 느끼며 눈치까지 보았다.

손거문이 깊은 한숨을 뱉고 고개를 절레절레 저으며 말했다.

"사실이란 말인가? 배교, 배교라……. 그 빌어먹을 마물들이 감히 우리를 노려?"

손거문, 그는 이제 천류영의 말을 진실이라 믿었다. 그러나 끝까지 의심의 눈초리를 거두지 않은 야월화가 천류영에게 말했다.

"그 문서, 정말 작성해 줄 수 있나요?"

천류영이 심드렁하게 대꾸했다, 물론 속으로는 웃으며.

"예, 해드리지요. 그리고 겐죠는 언제 어디서 공동 심문할까요?"

야월화는 어색한 미소를 머금었다.

"문서만 작성해 준다면 번거롭게 그럴 필요는 없을 것 같군요. 무림맹 분타주의 목숨과 명예를 건 자필 문서보다 더 확실한 건 없죠."

야월화가 그렇게 나오자 천류영이 갑자기 입술을 꾹 깨물고 침묵했다. 그 모습은 괜한 말을 했다는 후회나 자책 같아 보이기에 충분했다.

검학자가 그걸 보고 질책했다.

"그냥 공동 심문하면 되는 일이네. 무림맹의 분타주가 사파인에게 그런 문서를 왜 써준단 말인가!"

야월화가 눈을 빛내며 검학자의 말을 무시하고 천류영에게 냉큼 말했다. 먹이를 찾은 매처럼.

"남아일언중천금이라고 했어요. 그리고 그냥 종이 한 쪽이잖아요? 당신의 말처럼 배교가 나타나면 의미가 없어질 종이."

"그, 그건 그렇지만……."

야월화가 회심의 미소를 지었다. 어찌 보면 대화에서 처음으로 주도권을 찾아왔다.

"그렇게 해주세요."

"……."

"전 다른 무엇보다 당신이 자필로 쓴 문서 한 장을 믿겠어요. 그거면 됩니다."

그녀의 말에 손거문을 비롯한 사파인들이 모두 비릿한 미소를 피워 올리며 고개를 끄덕였다.

검학자가 고개를 저으며 야월화에게 말했다.

"이보게, 문상! 함께 공동 심문을 해서……."

야월화가 검학자의 말을 끊었다.

"장로님, 아까 겐죠 보셨잖아요. 막판에 헛소리하는 거."

"그야 그렇지만……."

"그냥 종이 한 장이에요. 분타주의 말이 진실로 드러나면 아무 쓸모도 없는 종이 한 장. 불쏘시개로 사라질 종이 한 장이라고요. 설마 정파의 분타주인 무림서생이 거짓말하는 거라고 생각하는 건가요?"

"헉! 그, 그건 아니네."

물론 방야철은 여전히 웃음을 꾹꾹 누르며 참고 있었다.

4

천풍산의 산중턱에 자리한 바위 언덕.

어느새 완연한 어둠이 내린 그곳에 세 사람이 있었다.

조전후는 발을 동동 구르며 오성검 장로와 독고설을 보았다.

"장로님, 잘되고 있는 겁니까? 어휴, 미치겠네. 내가 차라리 절대고수와 싸우고 말지. 이렇게 피 말리는 건 정말이지 처음이네."

질문을 던졌지만 애초에 대답을 기대한 건 아니다. 지금 두 사람은 입을 열 수가 없었으니까.

좌정한 독고설의 뒤에서 진기를 주입하는 오성검 장로의 얼굴에서 땀이 비 오듯 쏟아져 내렸다. 나름 최선을 다하고 있지만, 자신이 돕는 데는 한계가 있었다.

그는 속으로 기원했다.

'설아, 네 스스로 이겨내야 해. 나는 약간의 도움밖에 줄 수가 없어.'

조전후는 양손으로 제 머리를 쥐어뜯었다. 오성검 장로의 상태도 좋지 않지만, 독고설에 비하면 아무것도 아니었다.

마치 인형처럼 새하얗게 창백한 그녀의 얼굴.

독고설의 눈가와 입술, 그리고 손끝이 끊임없이 잔 경련을 일으켰다.

그 순간, 조전후는 보았다.

독고설의 감은 눈에서 이슬 한 방울이 뺨을 타고 또르륵 흐르는 것을.

"어, 어! 아가씨! 왜 울어요? 설마 포기하는 거 아니죠? 안 됩니다, 안 돼요. 힘을 내요. 쥐어짜라고요. 거, 뭐냐, 여자가 애 낳을 때처럼 없는 힘이라도 쥐어짜 봐요!"

그녀의 입술에 이는 경련이 심해졌다. 그건 마치 무슨 말을 하려는 것 같았다.

둔한 조전후도 그것이 무슨 의미인지 깨달았다.

지금 독고설은 포기하려는 것이다. 유언을 남기려는 것이다.

"안 돼요, 안 돼! 천 공자가 기다리고 있어요. 이렇게 죽어버리면 처녀 귀신 돼서 구천을 떠돌아요. 억울하잖아요."

그러나 결국 독고설의 입이 열렸다.

"나는……."

그 순간, 오성검 장로는 '아!' 하는 탄식을 했다.

독고설 스스로 입을 열어버린 이상 자신의 도움은 이제 의미가 없었다. 그녀가 포기했는데 자신이 진기를 계속 주입하면 상황은 더 빠르게 악화될 뿐이다.

오성검 장로가 명문혈에서 손을 떼고 털썩 주저앉았다. 그의 눈에서도 눈물이 흘렀다.

조전후가 악다구니를 썼다.

"장로님, 계속해요! 아가씨, 제발 포기하지 말아요!"

독고설의 눈이 스르르 떠졌다. 그녀는 눈에 흐릿하게 들어오는 조전후를 보며 입술을 달싹였다.

"이 말을…… 천 공자에게…… 전해 줘요."

조전후가 뒤돌아 귀를 막았다.

"몰라. 안 들을 겁니다. 사세요. 살아요. 아가씨 죽으면 내가 무슨 낯으로 천 공자를 봐. 내가……."

그는 고개를 좌우로 흔들며 방방 뛰다가 눈을 치켜뜨고 멈춰 섰다.

어둠 속.

누군가가 숨어 있었다. 그것도 아주 가까이.

조전후는 이를 갈았다.

어떻게 지금보다 더 최악의 상황이 올 수 있단 말인가.

그가 칼을 뽑았다.

차앙!

"누구냐? 자객이야? 감히…….."

그 순간, 나무 뒤에서 한 인영이 걸어 나왔다. 그리고 그 뒤를 따라 나오는 다섯 인영.

오성검 장로와 조전후의 눈이 치켜떠졌다.

모두 여인들이다.

젊은 여인부터 중년, 그리고 노파.

가장 나이 들어 보이는 선두의 여인이 입을 열었다.

"혹시 방금 말한 천 공자가…… 신임 분타주 무림서생인가요?"

조전후는 고개를 돌려서 일어나는 오성검 장로와 죽어가는 독고설을 보고 다시 앞을 보았다. 그러고는 칼로 위협하며 물었다.

"그래, 맞다. 당신들, 뭐야?"

"무림서생께 잠시 몸을 의탁하려는 사람들입니다. 제가 그녀를 볼 수 있을까요?"

조전후의 눈동자가 흔들렸다.

"응? 의생이오?"

"우리라면 그녀를 구할 수 있을지도…….."

오성검 장로가 침중한 얼굴로 말을 받았다.

"의원이 볼 수 있는 단순한 부상이 아니외다. 지금 이 아이는 진기가 거의…… 휴, 말하면 뭐하겠소. 화타가 살아 돌아오지 않는 이상에……."

그녀가 오성검 장로의 말을 끊었다.

"우리는 화타님께서 세운 화선부의 사람들입니다."

"……!"

삼대 신비 방파 중 하나, 의술에 관한 한 따라올 곳이 없다는 화선부의 등장에 오성검 장로와 조전후는 입을 쩍 벌렸다.

오래전에 강호에서 사라져 버린 화선부가 어떻게 여기에서 극적으로 등장할 수 있단 말인가.

너무나 거짓말 같은 현실에 말문을 잃었다.

"저는 그곳의 장로, 수안파파라고 합니다."

천마검을 따라나서지 않은 수안파파, 그리고 그녀를 따르는 다섯 여인.

그녀들은 하유를 떠나보내며 훗날 다시 만날 것을 기약했다. 이별은 어느 한쪽이 몰살을 당하더라도 남은 쪽이 화선부를 잇기 위한 선택이었다.

조전후가 칼을 팽개치고 수안파파에게 달려가 팔을 잡고 끌었다.

"저는 무림서생의 아주 최측근입니다. 그러니 어서, 어서 살펴주십시오."

수안파파는 끌려가면서 품속에서 환약을 하나 꺼냈다. 그리고 독고설 옆에 앉아 그 환약을 그녀의 입술 사이로 밀어 넣었다.

순간, 독고설은 자신의 입안에서 무언가가 스르륵 녹는 것을 느꼈다. 그것은 썼지만 기이하게도 청량한 기분이 들게 했다. 그리고 놀랍게도 목을 넘어가면서 활력이 샘솟았다. 가물거리며 꺼져 가던 그녀의 의식이 조금씩 돌아왔다.

수안파파는 맥을 짚고 잠시 있다가 제자들에게 말했다.

"금침과 봉황침을 준비해라."

긴장한 얼굴로 지켜보던 조전후가 급히 물었다.

"살 수 있겠지요? 꼭 그래야 합니다."

침을 꺼내던 젊은 여인이 자신만만한 미소를 머금었다.

"우린 화선부입니다. 숨만 붙어 있다면 우리는……."

순간, 조전후는 그녀의 얼굴에서 후광이 보이는 신기한 경험을 했다.

"아름답소."

"예?"

"이름이 어떻게? 아! 어서 침통을 꺼내지 않고 뭐하시오? 지금 넋 놓고 있을 때요?"

오성검 장로는 수안파파에게 말을 건넸다.

"저 사람은 감정과 생각이 원래 오락가락하는 사람이니 괘념치 마십시오. 그런데 정말 살릴 수 있겠습니까? 이 아이, 정말 중요한 사람입니다."

수안파파가 짤막하게 답했다.

"일 할."

"아, 역시 어렵군요."

오성검 장로의 얼굴이 흙빛이 되었다. 그러자 수안파파의 입가에 흐릿한 미소가 스쳤다. 그녀는 살아온 세월만큼이나 자신들의 존재를 돋보이게 하는 화술에 정통했다.

"잘못될 가능성을 말한 겁니다."

"……!"

"살아날 가능성은 구 할. 그리고 운이 따른다면 십 년에서 이십 년의 내공을 덤으로 얻을 수도 있지요. 지금 이 여인은 본 부의 아주 귀한 약을 먹었거든요."

조전후가 수안파파를 향해 절실하게 말했다.

"꼭 살려주십시오. 그런데…… 그 환약, 저도 하나 얻어먹을 수 있을까요?"

침을 건네받던 수안파파가 곤혹스러운 표정을 지었다.

애초에 몸을 의탁할 사람으로 무림서생을 선택했고, 천마검도 그라면 믿을 만하다고 조언해 주었다. 그런데 최측근이라는 사람을 볼 때, 과연 그 말이 사실인지 의심이 가기 시작했다.

오성검 장로가 말했다.

"원래 그런 사람이라니까요. 괘념치 마시고 집중해 주십시오."

　　　　　*　　　　　*　　　　　*

　결국 천류영은 그 자리에서 문서를 쓰고 수결을 했다. 그가 붓을 놀리며 글을 써 나가는데 모두가 감탄을 할 정도였다. 손거문이 혀를 내두르며 말했다.

　"내 비록 서예에 문외한이지만, 이런 명필은 처음 보는 것 같군."

　천류영은 노골적으로 한숨을 내뱉고는 방야철과 검학자의 눈치를 살피며 말했다.

　"이거, 잘하는 짓인지 모르겠습니다."

　방야철은 계속 침묵했고, 검학자가 대신 입을 열어 위로했다.

　"어쩌겠나, 이미 써버린 것을. 뭐, 상황이 상황인 만큼 이해할 수 있네. 그나저나 나도 확실하게 믿을 수 있게 됐군. 배교라…… 허, 천하에 혈운(血雲)이 드리우겠구먼."

　그의 한탄을 뒤로하고 천류영은 문서를 쥔 채 야월화를 보았다.

　"저는 많은 것을 당신들에게 주었습니다. 이젠 당신들이 응답할 차례라고 생각하지 않습니까?"

　천류영의 물음에 야월화가 빙그레 웃었다.

　"물론, 그게 거래죠. 그리고 당신을 오해한 점 사과하죠."

　"무엇을 줄 겁니까?"

"왜구가 가지고 있는 재물을 모두 양보하죠."

그러면서 야월화는 손을 내밀었다. 어서 문서를 달라는 뜻이었다.

그러나 천류영은 고개를 저으며 말했다.

"고작 그런 것을 원한 건 아닙니다."

야월화는 입술을 살짝 깨물었다.

"왜적들의 재물이 고작이라고 말할 정도는 아닐 텐데요?"

"우린 당신들보다 스무 배나 많은 피해를 입었어요. 당연히 우리가 가져야 할 것으로 생색을 내려는 겁니까?"

"……."

"그리고 나는 그 재물과는 비교할 수 없는, 귀한 정보를 주었어요. 문상, 당신도 이제 솔직해집시다. 나는 많은 희생을 감수했어요. 그러면서 당신들을 위한 노력도 게을리하지 않았어요. 정파와 적대적인 당신들을 위해서 말이죠."

야월화는 내밀었던 손을 거두고 자신의 머리카락을 쓸어 올리며 입맛을 다셨다.

"아주 큰 걸 원하는군요."

천류영이 빙그레 웃었다.

"글쎄요. 큰 것일 수도, 작은 것일 수도 있습니다. 모든 건 생각하기 나름 아니겠습니까?"

손거문이 끼어들었다.

"말해봐라. 들어줄 수 있는 거라면…… 적극적으로 고

려해 주겠다."

손거문은 말을 하면서도 자신의 변화가 놀라웠다. 정파인에게 이런 말을 하게 될 줄이야.

야월화가 말을 받았다.

"분타주, 당신은 이틀 전에 우리에게 세 가지 장소가 위험하다고 했어요. 하지만 세 번째는 말하지 않았죠. 그때 나는 당신이 일부러 그걸 말하지 않았다는 생각이 들었어요. 혹시 그것이 당신의 지금 요구와 관련된 건 아닌가요?"

천류영이 싱긋 웃고 고개를 끄덕였다.

"훌륭합니다."

"공치사는 그만두죠. 자, 이젠 당신이 아껴두었던 그걸 말해보세요. 무상이 언급했듯이, 나도 당신의 요구를 최대한 수용할 준비가 돼 있어요. 당신은 그만한 정보를 주었으니까."

천류영은 꼭 쥐고 있던 문서를 내밀었다. 그러자 야월화가 얼떨결에 그걸 받고는 의아한 표정으로 보았다.

"우리가 확답을 주고 그것을 당신처럼 문서화하기 전까지는 안 내놓을 줄 알았는데?"

천류영은 귀밑머리를 긁적거리다가 고개를 들어 하늘을 보았다. 어느새 어둑어둑해진 천공.

그가 바라보는 것은 조금 전부터 빛나고 있는 패왕의 별이었다.

"무상."

"……."

"패왕의 별을 꿈꾸십니까?"

"……!"

천류영의 노골적인 질문에 모두가 기함했다. 낭왕과 검학자마저. 무림맹의 분타주가 사오주의 지부장에게 이런 말을 할 줄이야.

말문을 잃은 그들이 천류영을 보며 숨을 죽였다.

"난세가 오고 있습니다. 정파, 사오주, 마교, 배교, 흑천련. 무림인들은 땅따먹기에 열을 올리며 싸우다가 죽어 나가겠지만 그 틈에서 민초는 더 큰 고통을 받게 될 겁니다. 우리가 싸우는 사이에 치안은 다시 엉망이 되고, 물가는 천정부지로 치솟을 겁니다."

"……."

"약속해 주십시오. 이 절강성만큼은 건드리지 않겠다고. 만약 당신이 패업을 달성하기 위해 움직여도 이 절강성은 가장 나중에 침공하겠다고 말입니다."

"……."

"무려 이십 년 동안이나 약탈당하고 노략질당한 사람들입니다. 지금 이 사람들이 작은 희망을 품기 시작했어요. 그러니 그 희망을 짓밟진 말아주십시오. 다른 곳은 몰라도 이곳 사람들은 또 그런 상황이 오게 되면 버티지 못할 겁니다."

"……."

"몇 년에 불과할지라도 당신들과 우리, 정파와 사파, 이곳 절강성에서만큼은 싸우지 말고 잘 지내봅시다."

손거문이 입술을 꾹 깨물고 침묵했다.

지금 민초를 생각하는 천류영의 마음이 진심일지라도 이건 쉽게 수락할 수 있는 것이 아니었다.

왜냐하면 배교가 쇠락하고 자신들이 적극적으로 무림일통을 위해 나아가게 되면, 절강성을 방치해 두기는 어렵기 때문이다.

절강성은 지리적 전술의 가치가 큰 곳이기 때문이었다. 이곳을 두고 중원으로 나아가다가 뒤통수를 맞게 될 위험을 고려해야 했다.

그가 쉽게 대답을 하지 못하자 야월화가 대신 입을 열었다.

"뭔가 좀 이상하군요. 당신은 우리가 세 가지 장소에 대해 들으면 위기감을 느낄 거라고 말했어요. 그런데…… 세 번째 장소가 절강성이라니. 위기감은커녕 대단히 선량한 척하는 위선만 느껴지는군요. 가식을 떨고 싶은 건가요?"

천류영이 멋쩍게 웃으며 대꾸했다.

"위기감이 전혀 없었습니까?"

"전혀! 있다고 생각하는 건가요?"

천류영이 웃음을 터트렸다.

"하하하, 역시 사파인에게 정파식으로 말하는 건 안 맞는 것 같군요. 그럼 다시 말하죠."

"……?"

"절강성에서 싸움질을 하고 싶으면 각오하셔야 할 겁니다."

"하아, 당연히 정파와 붙으려면 목숨을 걸고……."

천류영이 야월화의 말을 끊었다.

"내 최우선 적은 사오주가 될 겁니다. 마교가, 배교가, 흑천련이 몰려들어도 나는 당신들만 노릴 겁니다. 나는 수단과 방법을 가리지 않고 당신들을 처참하게, 하나도 남김없이 모조리 짓밟고 쓸어버릴 겁니다."

"……!"

"이 경고를 하려고 내가 그렇게 많은 것을 양보한 겁니다. 그리고 내가 지금 말한 이 작은 요구를 들어주기만 하면, 나는 앞으로도 당신들에게 여러 가지를 협조할 겁니다. 나는 사파에 대해 악감정이 전혀 없거든요. 공존공생(共存共生)하면서 잘사는 게 내 바람이에요."

천류영은 마지막에 웃는 낯빛으로 부드럽게 말했지만, 아무도 웃지 못했다.

무림서생 천류영의 경고.

그건 나란히 서 있던 낭왕과 검학자까지 소름 돋게 만들었다. 더 나아가 절대고수인 손거문조차 침음을 삼켰다.

그리고 야월화는 반쯤 넋이 나가 있었다. 설마하니 천류영이 이리 대놓고 노골적으로 협박을 할 줄은 상상도 못했던 것이다.

그녀가 어떻게 반박할지 고민하는 사이에 손거문이 피식 웃으며 입을 열었다.

"이봐, 무림서생."

천류영이 어깨를 으쓱하고 그를 보았다. 손거문이 말을 이었다.

"네 요구, 들어주지. 약속하겠다."

그 말에 야월화가 화들짝 놀라 외쳤다.

"사형!"

손거문이 큰 손을 들어 그녀의 말을 제지했다.

"사매, 괜찮아. 사실 이 친구가 건네준 정보는 그만한 가치가 있어. 총타가 위험할 뻔했잖아. 인정할 건 해야지."

그는 시선을 다시 천류영에게 옮기고는 여유롭게 말했다.

"그렇다고 내 뜻을 오해하지는 마라. 그따위 협박에 내가 겁먹을 거라고 생각했다면 오산이야. 그저 널 보고 내 생각이 바뀐 것뿐이니까."

천류영은 그를 마주하며 물었다.

"뭐가 바뀌었습니까?"

"패왕의 별이 되기 위한 최후의 싸움에는 그에 걸맞은 사람이 있어야지. 시시한 놈이 나중에 기다리고 있다고

생각하면 맥이 빠지거든. 나는 그게 마교의 한 젊은 장수
라고 생각했었다. 지금은 죽어버렸지만."

천류영이 묘한 미소를 짓는 모습에 손거문이 실소를 뱉
었다.

"왜? 정파의 사람이 아니라 실망했나?"

천류영이 빙그레 웃으며 대꾸했다.

"아니, 누군지 짐작이 가서……."

만약 죽었다고 생각하는 그 사람을 이미 만났고, 악력
겨루기까지 했다는 것을 말하면 손거문은 어떤 표정을 지
을까?

손거문은 고개를 끄덕이며 말을 받았다.

"그래, 천마검이다. 쓸 만한 작자라고 생각했는
데……."

"……."

"그를 대체할 사람이 없었는데, 너라면 괜찮을 것 같군."

그는 말을 끊고 한바탕 웃음을 터트렸다. 그러고는 고
개를 절레절레 저었다.

"책사가 내 최후의 상대라고는 한 번도 상상해 본 적이
없다. 하지만 너라면…… 괜찮을 것 같아. 그래, 절강성
을, 그리고 너는 마지막까지 남겨두지. 내 패업의 대미를
장식하기 위해서. 그때까지 너와 나는 휴전이다."

손거문의 마지막 말에 야월화가 눈을 빛냈다. 그녀의

입가에 미소가 스쳤다.

아주 가끔 무식한 말을 하지만, 역시 무상이었다.

자아도취에 빠진 강자의 호언처럼 들리는 말이지만, 마지막에 언급한 휴전은 중요한 의미를 담고 있었다. 아니, 그것이야말로 무상이 말하려는 핵심이었다.

무림서생이 무시 못할 인물임을 간파했다. 또한 그 주변 사람들도 범상치 않았다.

이런 무림서생과 초장에 붙으면 자칫 돌이킬 수 없는 피해를 입을 수 있다. 그럼 패업의 꿈은 펼쳐 보기도 전에 접어야 하는 상황이 올 수도.

그러나 그를 마지막으로 남겨두면 잃는 것보다 얻는 게 많다. 무림서생을 배제하고 천하를 점령해 나가면 자연스럽게 따르는 무리도 많아진다.

그때까지 무림서생에게 뒤통수 맞을 일을 없애려는 의도였다.

천류영은 손거문의 마지막 말을 따라 했다.

"마지막 순간까지 당신과 나는 휴전이라는 겁니까?"

손거문이 싱긋 미소 지었다.

"네가 원한 것이 그거 아닌가? 설마 나는 널 건드리면 안 되고, 너만 공격을 하겠다는 건 아니겠지?"

"아니, 마음에 듭니다. 사실 난 싸움을 좋아하지 않아요."

그 말에 손거문을 비롯한 사파인들이 어이없다는 표정

을 지었다. 방야철마저 고개를 옆으로 돌려 주먹을 쥐고 웃음을 가렸다.

야월화가 기회를 놓치지 않고 말했다.

"지금 이것도 서로 문서화해서 교환하죠."

지켜보던 검학자가 펄쩍 뛰었다.

"그것만큼은 안 될 말이네. 상황이 어떻게 될 줄 알고 그런 협정을 맺는단 말인가."

검학자는 도저히 이것만큼은 받아들일 수 없었다.

만약 사오주가 나중에 중원무림을 침공한다면 당연히 무림서생도 정파의 일원으로서 함께 막아야 했다. 그리고 잠깐이나마 지켜본 무림서생은 충분히 그럴 능력이 있어 보였다.

검학자의 개입에 손거문과 야월화가 눈살을 찌푸렸다. 다 된 밥에 재 뿌린다더니.

천류영이 어깨를 으쓱하고 손거문과 야월화에게 말했다.

"조만간 식사를 하면서 이 문제를 결론 내죠."

야월화가 물었다.

"긍정적으로 검토할 건가요?"

천류영이 미소 지었다.

"물론. 저는 싸움을 싫어한다니까요."

이제부터 당신들을 수족으로 부리려는데 싸울 수야 없지 않은가. 겨우 서문창 무리와 왜구만 잡으려고 이 힘든

고생을 했겠는가.

검학자는 계속 펄쩍 뛰었다.

＊　　　　　＊　　　　　＊

천마검 백운회는 선수에서 캄캄한 하늘을 올려다보고 있었다. 언제나 그렇듯이 패왕의 별을.

그때, 폭혈도가 술병 두 개를 들고 다가왔다.

"아주 여기저기서 앓는 소리가 진동을 합니다."

고작 이틀간 굴렸을 뿐인데 화선부와 하오문 사람들은 거의 초주검 상태였다.

백운회는 폭혈도가 내미는 술병을 받아 들고 한 모금 마셨다. 폭혈도가 물었다.

"천 공자, 이겼겠지요?"

백운회가 피식 웃었다.

"내가 한 짓이 있어서 조금 걱정이 되긴 하는데, 결국 방법을 찾아내고 알아서 할 놈이다."

"하긴……. 지금 우리가 천 공자를 걱정할 처지는 아니죠."

"……."

"무슨 생각 하십니까?"

"저 별."

"패왕의 별요?"

"그래. 왠지 지금 섬마검도 저 별을 보고 있을지 모른다는 생각이 들어서."

폭혈도는 술병을 들어 한참 동안 벌컥벌컥 마셨다. 그러고는 입을 열었다.

"배신 안 했겠지요? 관태랑 부관이 배신했다면…… 무슨 사정이 있는 거겠지요? 뭐, 저야 어떤 일이 있어도 배신 같은 건 안 하겠지만."

"보고 있을 거야, 분명."

"……."

"밤마다, 시간이 날 때마다…… 녀석은 그렇게 나를 떠올리고 있을 거야. 그게…… 느껴지는 것 같아."

"대주님……."

백운회는 눈을 감으며 탄식했다.

"바람도 좋고 물살도 빠른데, 배만 느리구나."

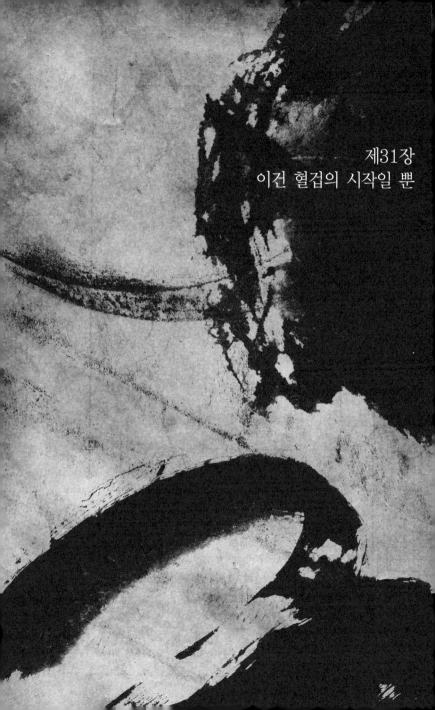

제31장
이건 혈겁의 시작일 뿐

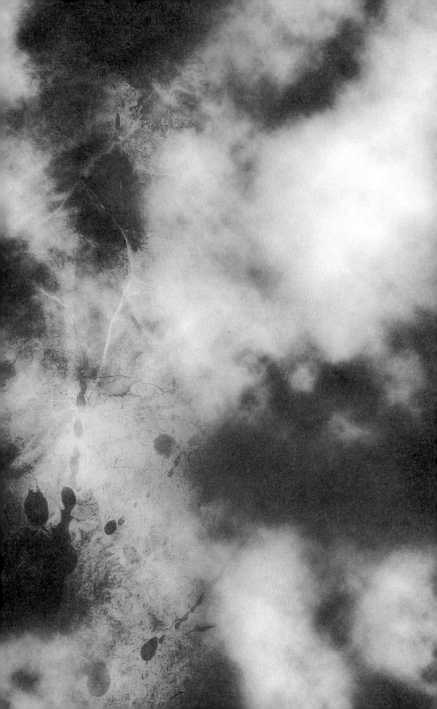

1

중원은 꽃이 피는 봄인데 북방의 초원은 여전히 황량했다. 특히나 어둠이 내리는 밤이 되면 살을 에는 듯한 칼바람이 매섭다.

초원에 무수한 막사들이 늘어서 있었다. 사방에서 화톳불이 활활 타오르는 그곳은 군영(軍營)과 다름없었다.

마교의 소교주, 마룡지옥(魔龍之玉) 뇌악천이 이끄는 토벌대였다.

그가 거처하는, 중앙에 있는 막사는 족히 일백여 명은 잘 수 있을 정도로 거대했다.

여인들의 간드러지는 목소리와 교태 어린 웃음이 끊임

없이 새어 나왔고, 악공이 연주하는 음악도 흘렀다.

그 중앙 막사의 옆.

거대한 막사로 인해 더 짙은 어둠이 드리워진 그곳에 한 사내가 서 있었다.

그는 마치 망부석처럼 꼿꼿하게 서서 하늘을 올려다보고 있었다.

은하수를 따라 올라간 곳에 자리한, 찬란히 빛나는 패왕의 별.

조금씩 빛을 더해가는 그 별을 사내는 그렇게 뚫어지게 보다가 고개를 옆으로 돌렸다.

중앙 막사에서 뇌악천이 나왔다. 그는 막사 옆길로 들어서며 어둠 속 사내를 보았다.

"어이, 섬마검. 또 혼자 박혀 있는 거냐?"

관태랑이 목례를 하고는 담담하게 대답했다.

"아시다시피 저는 술과 여자를 별로 좋아하지 않습니다."

뇌악천이 다가와 혀를 차고는 말했다.

"아직 네 나이 한창때 아닌가? 사내새끼가 그걸 싫어하면 대체 무슨 재미로 살지?"

관태랑은 옆구리에 찬 검을 툭툭, 쳤다.

"검이 좋습니다."

"크크큭, 하여간 못 말린다니까."

뇌악천은 히죽거리면서 바지춤을 풀었다. 그러고는 소변을 내갈기며 말했다.

"또 패왕의 별을 보고 있었나?"

"······."

짜악!

따귀 소리가 나면서 관태랑의 고개가 돌아갔다. 뇌악천이 이맛살을 찌푸리며 말했다.

"내가 질문하면 너는 답해야지."

"죄송합니다."

"크크큭, 왜 자꾸 나를 미안하게 만들지? 내가 널 얼마나 아끼는지 알면서."

그는 오줌이 튄 손으로 관태랑의 뺨을 어루만지면서 안쓰럽다는 표정을 지었다.

"이봐, 난 네가 정말 좋아. 알지?"

"예."

뇌악천은 피식 웃으며 관태랑의 뺨을 가볍게 톡톡, 치고는 바지춤을 추켜올렸다.

"그럼 다시 묻지. 패왕의 별을 보고 있었나?"

"예."

"그러면서 누굴 생각했지?"

"······."

짜악!

관태랑의 고개가 다시 돌아갔다. 뇌악천이 그의 멱살을 움켜쥐고 나직하게 윽박질렀다.

"질문하면 곧바로 대답하라고 했잖아."

"알겠습니다."

"누구를 생각했지?"

"천마검을 생각했습니다."

그의 대꾸에 뇌악천이 씩, 웃었다. 동시에 뇌악천의 주먹이 관태랑의 명치에 박혔다.

콰직.

관태랑은 입술을 깨물고 신음을 삼켰다.

"감히 네 주인을 바로 앞에 두고 천마검을 생각해?"

"저번에 소교주님이라고 말하니까 거짓말을 한다고……."

퍼억!

뇌악천의 무릎에 배를 얻어맞은 관태랑의 허리가 새우처럼 꺾였다. 부들부들 떨리는 관태랑의 신형.

뇌악천은 양손으로 제 머리칼을 한차례 쓸고는 말했다.

"이래서 너는 아직 교육이 덜 됐다는 거야. 개새끼, 일 년이나 가르쳤는데도 몰라?"

"……."

"어차피 넌 맞을 거야. 그러면 어떤 말을 해야 유리한지 똑똑한 네가 몰라?"

"……."

짜악!

"질문하면 바로 대답하라고 수천, 수만 번도 더 얘기했다."

"죄송합니다."

뇌악천은 관태랑의 턱을 손으로 잡고는 자신을 보게 했다. 그러고는 관태랑의 표정을 유심히 살피며 말했다.

"내가 지금 무슨 얘기를 할 것 같아?"

"모르겠습니다."

"천마검이 죽었다."

"……."

"배교주가 아버지께 연통을 넣었고, 그걸 내가 오늘 받았지. 실혼인으로 만들려는 데 결국 실패해서 죽었다더군. 그 개자식, 실혼인이 되지 않으려고 끝까지 버티다가 개고생만 하고 결국 비참하게 뒈진 거지. 크크큭, 그러고 보면 천마검도 불쌍해. 그 인간, 생각해 보면 하루도 편하게 산 날이 없었잖아."

뇌악천은 말을 마치고 미간을 찌푸렸다.

당연히 관태랑의 표정에 감정이 드러나야 했다.

슬픔이나 허탈함, 그것이 아니라면 분노라도.

그러나 관태랑은 무심했다. 일체의 표정 변화도 없었다.

"호오, 재미있군. 전(前) 상관을 위해 한 방울 눈물쯤은 흘릴 줄 알았는데. 그리고 그 정도는 눈감아줄 아량이 있었다고."

"……."

"크크큭, 뭐야, 이거? 이미 천마검은 포기하고 있던 거야? 크하하하하!"

그가 광소를 터트렸다. 그러자 막사에서 흘러나오던 소리들이 뚝 끊겼다. 그리고 이내 뇌악천도 웃음을 멈췄다.

그는 관태랑의 얼굴을 부드럽게 쓰다듬으며 안쓰럽다는 표정을 지었다.

"이거, 미안하게 됐군. 나는 그런 줄도 모르고 질투를 해왔던 건가? 하여간 자네는 감정에 솔직해질 필요가 있어. 그렇게 속내를 감추고 있으니 내가 어떻게 알겠어? 아, 아니다. 원래 자네는 무뚝뚝한 게 매력이었지."

뇌악천은 관태랑의 어깨에 손을 올리고 진중하게 말했다.

"섬마검, 나는 네가 정말 갖고 싶다. 그걸 모르나?"

"이미 제 주인이십니다."

뇌악천은 윗니로 아랫입술을 짓이겼다.

"네 마음을 가지고 싶단 말이다. 형식적으로 나를 모시는 게 아니라, 천랑대 인질들의 목숨 때문에 보필하는 척하는 것이 아니라, 네 진심을 얻고 싶단 말이야. 그럼 나는 너에게 다 줄 수 있다고! 네가 원하는 것 모두 다!"

"소교주님은 이미 제 주인이십니다."

기계적으로 말하는 관태랑을 보며 뇌악천의 뺨이 부들부들 떨렸다. 그는 몇 차례 격한 호흡을 하다가 관태랑 앞을 오갔다. 그러다가 양팔로 허공을 휙 저으며 외치듯 말했다.

"아직도 몰라? 사방에 네가 내 사람이라고 소문을 냈어! 일부러 사람들이 있는 자리에서는 널 아끼는 모습을 보였어! 그러니 네 옛 동료들은 너를 향해 이를 갈고 있을 거야! 이게 무슨 의미인지 몰라? 넌 갈 데가 없단 말이야! 이 세상에서 오직, 오직 나만이 널, 너를……."

뇌악천은 분을 못 이겨 말을 잇지 못했다. 그는 양손을 부르르 떨다가 오른손으로 힘껏 관태랑의 뺨을 때렸다.

짜악!

관태랑의 신형이 휘청하며, 전날 찢어져서 채 아물지도 못한 입술이 다시 터졌다. 붉은 핏방울이 주르륵 미끄러졌다.

뇌악천이 소리를 질렀다.

"왜? 왜? 왜? 왜 나는 안 되는 거냐? 그놈은 너에게 아무것도 주지 않았어! 고생만 잔뜩 시켰지! 그런 놈에게 충성을 바치면서, 모든 것을 다 주겠다는 나는 왜 안 되는 거냐?"

관태랑은 손등으로 입가를 훔치고는 뇌악천을 보았다. 그러고는 담담하게 말했다.

"소교주님은 이미 제 주인이십니다."

차앙!

뇌악천이 칼을 뽑아 관태랑의 가슴을 겨눴다. 그리고 그 은빛 칼이 관태랑의 몸을 따라 올라가 목에 닿았다.

"섬마검, 내 인내심도 이젠 거의 바닥이다."

"……."

잘 벼린 검첨이 관태랑의 목젖을 가볍게 찔렀다. 그러자 핏방울이 목을 타고 또르륵 흘렀다.

뇌악천은 고개를 삐딱하게 기울이며 물었다.

"정녕 죽고 싶으냐?"

서슬 퍼런 살기가 관태랑을 덮쳤다. 그러나 관태랑은 담담한 얼굴로 손을 들었다. 그리고 뇌악천의 검을 옆으로 천천히 밀고는 답했다.

"살고 싶습니다."

뇌악천의 입꼬리가 씰룩거리더니, 다시 웃음이 터졌다.

"큭, 크크크, 크하하하! 살고 싶다고? 그렇게 말하는 놈의 눈빛이 그따윈가? 정말 살고 싶다면 행동으로 보이란 말이다!"

관태랑은 뇌악천을 가만히 바라보다가 천천히 무릎을 꿇고 말했다.

"살고 싶습니다. 살려주십시오."

"오체투지해라."

관태랑은 한 치의 망설임 없이 땅바닥에 엎드리고 말했다.

"살고 싶습니다."

"이유는?"

관태랑이 대답을 못하자 뇌악천의 발이 그의 뒤통수를 눌렀다.

"이유를 말하라!"

관태랑은 답하지 못했다. 그러자 뇌악천이 그의 머리를 발로 짓밟기 시작했다.

퍽퍽퍽퍽퍽!

"말해봐, 말하라고!"

퍽퍽퍽퍽퍽!

근방에서 번을 서던 수하들이 지나가다가 그 모습을 보고는 하품을 했다. 지겹도록 봐와서 이젠 익숙한 풍경이었다.

뇌악천은 그렇게 한참을 짓밟다가 격한 숨을 내쉬며 흐트러진 머리를 손으로 정리했다.

"휴우우, 휴우우. 섬마검, 일어나라."

관태랑은 꿈틀거리며 일어났다. 그걸 지켜보던 뇌악천이 비릿하게 미소 짓고는 말했다.

"천랑대원들…… 다 죽여 버릴까? 사실 이제 필요도 없잖아. 혹시 천마검이 살아 오면 그들을 앞세워 협박하려고 한 건데, 그리고 네 마음을 얻기 위해서 그랬던 건데, 이젠 둘 다 의미가 없으니까."

처음으로 관태랑의 눈동자가 흔들렸다. 그 모습에 뇌악천이 낮게 웃었다.

"그래, 오늘 밤 다 죽이자. 네가 보는 앞에서."

뇌악천이 칼을 든 채 발걸음을 뗐다. 그러자 관태랑이 무릎을 꿇고 말했다.

"그러지 마십시오. 제발."

"싫은데."

관태랑이 무릎걸음으로 기어가 뇌악천의 발목을 붙잡고 애원했다.

"부탁드리겠습니다."

뇌악천이 환하게 웃으며 관태랑을 내려다보았다.

"이제야 사람처럼 보이는군. 그럼…… 진심으로 나를 보필한 준비가 됐다는 건가?"

"저에게 시간을 주십시오."

뇌악천의 웃던 얼굴이 일그러졌다.

"일 년의 시간으로도 부족했단 말이지?"

"조금만 더 시간을 주십시오."

"훗, 뭐, 좋아. 확실히 상황이 다르긴 하지. 천마검이 죽었으니까."

"……."

"일어나라."

관태랑이 몸을 일으켰다. 그러자 뇌악천이 언제 그랬냐는 듯이 안쓰럽다는 표정을 지었다.

"섬마검."

"예."

"내 성격이 지랄 같지?"

"아닙니다."

"아니긴. 나도 느끼는데 뭘. 그런데 이게 다 자네 책임이라고. 자네만 마음을 다잡았으면 좋았잖아. 내 성격도 버리지 않고, 너도 편하게 지내고. 내가 약속하건대, 나에게 충성을 바치면 난 결코 너를 함부로 하지 않을 거야. 믿지?"

"예……."

뇌악천이 관태랑의 어깨를 가볍게 두드리고는 말했다.

"좋아, 마지막 기회를 주지. 네가 내게 충성을 바칠 수 있는지 판단할 수 있는 마지막 기회가 될 거야. 만약 또 실망시키면 인두로 지지는 따위의 고문은 하지 않고 그냥 죽여 버리겠어."

"알겠습니다."

"토벌대의 선봉을 네가 맡아. 그래서 귀혼창과 초지명

의 수급을 가져와."

관태랑은 터진 입술을 꾹 깨물었다가 열었다.

"소교주님……."

뇌악천의 표정이 말할 수 없을 정도로 차가워졌다.

"왜? 싫은가? 못하겠나?"

"……."

짜악!

"싫으냐고! 지금 당장 천랑대를 다 죽여 버리고 끝내 버려?"

관태랑이 부르르 떨다가 고개를 떨궜다. 그러고는 나직한 목소리로 말했다.

"하겠습니다."

"크크큭, 다시 말해라. 더 크게."

"하겠습니다!"

"크하하하! 그래, 그래야지."

"……."

"자, 기왕 이렇게 된 거, 자네가 토벌대의 선봉장을 맡은 기념으로 한잔하지. 밤새워 마셔보자고."

"예……."

뇌악천이 앞으로 걸었다. 그러자 관태랑이 그 뒤를 따랐다.

딱, 딱, 딱, 딱, 딱.

관태랑이 걸을 때마다 둔탁한 소리가 울렸다.

한쪽 다리. 무릎 아래가 목발이었다.

작년, 사천의 마지막 전투에서 잘려 나간 그의 다리를 흑단목이 대신하고 있었다.

뇌악천이 멈춰 서서 손가락으로 뺨을 긁었다.

"그런데 병신인 네가 귀혼창이나 초지명을 상대할 수 있을지 걱정이군."

"……."

"뭐, 그래도 천하의 섬마검 실력이라면야. 그리고 걔네들은 제대로 먹지도 못하고 부상이 심해서 어렵지 않을 거야."

"……."

"후우우, 춥구만. 어서 따라오라고. 아, 아니다. 자네 거처에 들러 피 좀 닦고 와. 술맛 떨어질 필요는 없잖아? 옷도 깨끗하게 갈아입고."

뇌악천은 양손을 교차해 자신의 팔을 쓰다듬으며 막사 안으로 뛰어 들어갔다. 그러자 관태랑은 방향을 틀어 자신의 작은 막사를 향해 걸었다.

딱, 딱, 딱, 딱. 딱.

번을 서는 무사들이 낄낄거리며 보는 시선이 따갑고, 뺨을 스치는 바람은 아릿했다. 길은 아무리 걸어도 멀었고, 입는 옷은 매일 빨아도 더러웠다.

관태랑은 자신의 막사 앞에 다다랐다. 그리고 고개를 들어 패왕의 별을 보았다.

자신이 지옥 같은 하루 중 유일하게 웃는 시간.

이 순간만큼은 세상이 주술에 걸린다.

외로움이 사라지고 그리움이 북받친다. 슬픔과 고통이 잊히고 미소와 추억이 자리한다.

아무에게도 들리지 않는 그의 혼잣말이 북방의 찬바람에 흩어졌다.

"패왕의 별이 꺼지지 않는 이상, 전 당신이 살아 있음을 믿습니다. 오실 때까지 어떻게든 살겠습니다. 당신의 사람을 한 명이라도 더 지키며. 보고…… 싶군요. 내 주군, 그리고…… 그리운 내 벗이여."

옷깃을 여며도 스며드는 바람이 아팠다.

2

무림맹 절강 분타, 독고설의 거처.

혈색이 돌아온 얼굴로 잠들어 있는 독고설을 보며 천류영은 안도의 한숨을 흘렸다. 그는 손을 들어 그녀의 뺨을 한차례 쓰다듬다가 침상 맞은편에 앉아 있는 수안파파를 보았다.

"감사합니다. 이 은혜를 어떻게 갚아야 할지……."

수안파파는 피곤한 얼굴로 고개를 저었다.

"해야 할 일을 했을 뿐입니다. 자고로 본 부(本府)는 인연이 닿은 정파의 협객은 반드시 살려냈지요."

그녀는 '정파의 협객'이란 대목을 힘주어 말했다.

그랬다.

그것이 원래 화선부의 본분이었다.

그런데 어쩌다 보니 배교의 잡것들과 마교의 천마검을 치료하며 살았다. 천마검이야 자신도 인정할 수밖에 없는, 예외로 할 수 있는 걸출한 사내지만, 지난 세월이 고통스럽던 그녀였다.

그렇기에 지금 수안파파는 모든 것이 제자리를 찾은 것 같아 매우 뿌듯했다. 천류영이 독고설을 다시 내려다보며 물었다.

"이제 괜찮은 겁니까?"

"고비는 넘겼습니다. 지금은 깊은 잠에 빠져 있을 뿐이니 걱정하지 않아도 됩니다. 물론 본부의 침술과 탕약으로 치료는 계속하겠지만, 나빠질 일은 결코 없을 겁니다."

내실에는 천류영과 풍운, 그리고 화선부의 여인들만 있었다. 독고설의 안위를 걱정하는 사람들이 많았지만, 절대안정이 필요하다는 이유로 천류영과 풍운만 거처에 들인 것이다.

풍운이 조심스럽게 물었다.

"그럼 설이 누님은 언제쯤 깨어날 수 있나요?"

수안파파 뒤에 있던 중년 여인이 답했다.

"지금 상태로 보아선 이삼 일 정도 걸릴 겁니다."

수안파파가 천류영에게 덧붙였다.

"몸을 움직이는 건 보름은 지나야 합니다. 그리고 완전한 쾌차까지는…… 오십여 일은 생각하셔야 합니다."

천류영이 한숨을 쉬었다.

"오십 일이라……. 역시 중상이군요."

수안파파가 씩 웃었다.

"부상 때문이라기보다는, 본부의 환약 때문입니다. 그것을 잘 다스려 내공으로 취할 수 있게 하려는 겁니다."

천류영은 '아!' 하는 감탄성을 나직하게 지르고는 자리에서 일어나 정중하게 읍했다. 진심으로 감사한 마음을 담아서.

"언제 떠나실지 모르지만, 계시는 동안 부족함이 없도록 지시해 두었습니다. 그래도 뭔가 필요하신 것이 있다면 언제라도 말씀만 해주십시오. 물론 제 입장에서는 오래 제 곁에 계셔주시는 것이 감사하겠지만 말입니다."

그의 부드러운 중저음과 깍듯한 모습에 화선부 여인들이 미소를 머금었다. 사실 배교를 빠져나와 무림서생에게 몸을 의탁하기로 결심을 하긴 했지만, 우려가 없는 건 아니었다.

하지만 적어도 지금 그가 보여주는 모습은 믿을 만하다고 여겨졌다. 또한 지금까지 보여준 행보도 믿음직스러웠고.

수안파파가 답례로 고개를 숙이고는 입을 열었다.

"다시 한 번 말씀드리지만, 저희가 화선부 사람이란 것은 철저히 비밀에 부쳐 주셔야 합니다."

화선부 사람들이 이곳에 있다는 소문이 난다면 세상은 난리가 날 것이다.

절강 분타는 병자들로 문전성시를 이룰 것이고, 무림인들은 기연을 꿈꾸며 찾아올 것이다. 화선부의 침술과 환약으로 수십 년의 내공을 증진시킬 수 있다는 소문은 강호에 널리 퍼져 있었으니까.

무엇보다 배교가 호시탐탐 기회를 엿볼 수 있는 위험이 도사리고 있었다.

그래서 지금 화선부 사람들을 그저 용한 의원이라고 둘러댄 상태였다.

천류영이 고개를 끄덕이며 대꾸했다.

"오성검 장로님과 야차검은 믿을 만한 사람들입니다."

수안파파는 살짝 이맛살을 찌푸리며 물었다.

"야차검, 그분은……."

천류영은 그녀가 무슨 말을 하려는지 짐작한다는 듯이 미소를 머금었다.

"조금 황당할 때가 있긴 하지요. 하지만 입은 무겁습니다. 나쁜 사람은 절대 아니고요. 그 점만큼은 믿으셔도 됩니다."

"예……."

뭔가 미덥지 못한 표정.

천류영이 다시 말했다.

"제가 입단속을 단단히 시키겠습니다."

그제야 수안파파의 이맛살이 펴졌다.

"분타주님만 믿겠습니다."

"예, 저도 장로님만 믿겠습니다. 설이를 끝까지 잘 보살펴 주십시오."

천류영이 풍운과 함께 밖으로 나가려고 하자 수안파파가 불러 세웠다.

"저, 분타주님."

"예?"

"분타주님도 치료를 받아야 할 것 같은데……."

그녀의 말에 천류영이 쓴웃음을 깨물었다.

"아직 해야 할 일이 남았습니다."

삼경이 넘은 시간.

화선부 여인들은 고개를 저으며 혀를 내둘렀다. 사실 분타주의 맥을 짚어보지는 않았지만, 겉모습으로는 당장 쓰러져도 전혀 이상해 보이지 않았다.

"분타주님의 부상도 결코 가볍지 않습니다. 저희들이 치료를……."

천류영이 수안파파의 말을 끊고 화선부 제자들을 보았다.

"여러분도 피곤해 보입니다. 마음고생을 많이 하신 것 같은데, 일단은 푹 쉬십시오. 의원의 정신이 말짱해야 환자인 저도 믿고 몸을 맡길 수 있지 않겠습니까?"

그의 말에 수안파파와 여인들이 소리 없이 웃었다. 자신들을 배려해 주는 것임을 알기에.

천류영이 말을 이었다.

"제가 이래 봬도 통뼈입니다."

그의 말에 여인들이 다시 소리 죽여 웃었다. 분타주라는 높은 자리에 있건만, 수수한 그의 언행이 마음에 들었다.

내실의 문을 열고 복도로 나온 천류영과 풍운은 조용히 걸었다. 계단을 통해 몇 층을 올라가고 다시 복도를 걸을 때에서야 풍운이 입을 열었다.

"형님, 형님의 체력이 이제 누구 못지않은 건 아는데, 너무 무리하는 거 아니에요? 제가 봐도 치료가 필요해요."

"내일 낭왕께서 떠나서. 그전에 해둘 말이 있어."

뭐랄까.

풍운은 천류영의 목소리에서 비장함을 느꼈다. 풍운은 고개를 갸웃거리며 천류영의 옆얼굴을 보았다.

"싸움은 다 끝난 거 아니에요?"

"절강성에서의 싸움은. 하지만 천하는 다르지. 그리고 내 싸움은 이제부터 시작이야. 근원을 봐야 하는 일이 남았어. 가장 중요한 일이지."

풍운은 어리둥절한 얼굴로 물었다.

"그게 뭔 말이에요?"

"곧 알게 될 거야. 참, 와줘서 고맙다. 네가 없었다면 어려운 싸움이 될 뻔했어."

천류영은 자책했다.

스스로의 부족을 통감했다.

자신이 아무리 머리를 굴려도 적군에 어마어마한 고수가 있다면 모든 책략이 무용지물이 될 수 있음을 예전에도 한 번 느꼈다. 그러나 이번에는 더더욱 절실하게 통감했다.

만약 천마검 형님이 무상 손거문과 악력을 겨루지 않았더라면?

천류영은 고개를 저었다.

그랬다면…… 사오주에 뒤통수를 맞았을지도.

생각지도 못했던 두 명의 절대고수.

천류영은 다시 한 번 고수의 중요성을 깨달았다.

전쟁에서 장수의 중요함은 아무리 말해도 지나치지 않다. 아무리 뛰어난 책사가 전술을 완벽하게 꾸민다 한들 그것을 수행할 장수가 약하다면 결국 실패할 테니까.

"강해져야겠어. 더! 나는 아직도 멀었어. 그리고 장수와 수하들의 실력도 끌어 올려야 해."

회의실을 향해 다시 발을 떼는 천류영을 풍운이 붙잡았다.

"형님, 너무 초조해하지 마세요. 형님은 제가 본 그 어느 누구보다 잘하고 있어요. 그리고 이곳 무사들의 실력을 끌어 올리기 위해 저도 도울게요."

천류영은 피식 웃었다가 풍운의 어깨를 잡으며 눈을 빛냈다.

"네가 내 곁에 있어서 다행이다."

풍운이 쑥스러워하다가 갑자기 얄궂은 표정을 짓고는 화제를 돌렸다.

"그런데 형님, 언제부터 설이 누님에게 설이라고 부른 거예요?"

"아! 그, 그건……."

"화선부 장로님한테 설이를 부탁한다고 말할 때 깜짝 놀랐어요. 흐흐흐, 내가 없는 사이에 진도 좀 빼셨나 봐요? 천하에 둘도 없는 목석인 줄 알았는데."

천류영은 주먹으로 입을 가리며 헛기침을 하고는 급히

발을 놀려 회의실로 향했다. 그 뒤를 풍운이 따르며 놀리 듯 물었다.

"형님, 언제부터 이름을 부른 거예요? 진도는 어디까지 나간 거냐고요? 손은 잡았을 테고, 입술은요?"

천류영은 못 들은 척 움직여 회의실 안으로 들어갔다. 그 안에는 열댓 명의 사람들이 커다란 원탁에 둘러앉아 술자리를 갖고 있었다.

승리를 자축하는 동시에, 내일 아침에 떠날 낭왕을 위 한 이별주였다.

"어! 분타주, 어서 오시게. 검봉은 어떤가?"

"독고 소저는 괜찮은 건가?"

독고설의 안부를 묻는 질문이 쏟아졌다. 그리고 간간이 천류영의 핼쑥한 안색을 걱정하는 말들도.

천류영은 괜찮다고 둘러대며 풍운과 나란히 빈자리에 앉았다.

이미 풍운은 분타로 돌아오면서 인사를 나눈 상황.

자연스럽게 화제는 오늘 전투로 이어졌다.

검학자 장로와 오성검 장로, 낭왕 방야철, 야차검 조전 후, 창천룡 남궁수, 비검 장득무, 매검 화가연, 서언 주작 단주를 비롯해 위충과 영능후도 자리해 있었다.

또한 절강분타의 핵심 요직에 있는, 믿을 수 있는 몇 명들.

그들은 천류영과 풍운이 회의실에 오기 전, 천류영이 절강성에 들어오면서부터 지금까지의 행보를 하나씩 짚으며 경악하고 있었다.

그러다가 천류영이 등장하니 그를 향한 찬사가 잇따랐다. 그리고 간간이 풍운의 놀라운 무위에 대한 이야기도 빠지지 않았다.

풍운은 계면쩍어 하다가 옆의 천류영을 보았다. 당연히 천류영 형님도 자신처럼 쑥스러워하고 있을 것이라 생각했다.

그러나 천류영은 굳은 표정이었다.

그걸 알아챈 사람들의 말이 줄어들다가 이내 정적이 찾아왔다.

어색한 침묵.

방야철이 빙그레 웃고는 입을 열었다.

"내가 내일 아침에 떠난다 하니 우리 분타주 마음이 아픈 건가?"

그의 농 아닌 농에 사람들이 미소를 머금었다. 그리고 한참 동안 침묵하던 천류영이 입을 열었다.

"여기 계신 분들은 저와 함께 사선을 넘었고, 그중에서도 믿을 수 있는 분들이라고 생각해 따로 모셨습니다."

좌중의 미소가 사라졌다. 천류영의 입에서 나올 얘기가 심상치 않음을 느낀 것이다.

천류영은 자신의 앞에 놓인 술잔을 들고는 단숨에 들이
켜며 말을 이었다.

"왜구와의 싸움은 끝났지만, 우리는 해야 할 일이 아직
아주 많습니다."

오성검 장로가 고개를 끄덕이며 말을 받았다.

"그렇지. 하늘도 버린 이 땅에 온기가 스며들게 하는
일은 이제부터 시작일 테니까. 배교가 이곳을 침입할 경
우도 대비해야 될 테고."

"예. 하지만 그 일은 낭왕께서 가신 후에 언급해도 되
는 일입니다."

"……."

"제가 지금부터 하려는 얘기는 극비를 요하는 겁니다.
그래서 믿을 수 있는 분들만 모신 겁니다."

이젠 천류영이 아니라 좌중의 얼굴이 굳어갔다. 다른
사람도 아닌 천류영이 이렇게 정색하니 왠지 숨 쉬는 것
조차 힘들 지경이었다.

조전후가 고개를 갸웃거리며 물었다.

"대체 무슨 말을 하려고 이리 부담을 주는 건가?"

천류영은 엷은 미소로 제 잔에 술을 따르고는 검학자
장로를 보았다.

"제가 오늘 실수한 것이 있었습니까?"

갑작스러운 질문에 검학자 장로가 당황했다. 그는 습관

처럼 수염을 쓰다듬으려다가 빈 허공만 움켜쥐고는 더더욱 당황하며 입을 열었다.

"허허허, 그게 무슨 말인가? 솔직히 말해서 여기 있는 호걸들께 자네의 지난 얘기를 들으며 수십 번도 더 감탄했다네. 배교의 출현이 걱정되지만, 이런 난세에 자네나 풍운 소협 같은 인재가 나온 건 정파의 홍복이라고 생각하고 있네."

천류영은 고개를 저으며 대꾸했다.

"장로님께서는 마지막까지 걱정하지 않으셨습니까, 제가 사오주의 무상과 문상에게 건네준 문서를."

"아, 그것 말인가? 솔직히 말하면 옥의 티라고 생각하네. 하지만…… 뭐, 정말 배교가 존재한다면 그 문서는 없어질 테니까. 그리고 사오주와의 싸움을 피하기 위한 미끼였다는 것을 나도 이제는 아니 괘념치 말게."

이미 방야철이나 검학자로부터 얘기를 전해 들은 좌중은 고개를 끄덕이며 천류영을 보았다. 남궁수가 물었다.

"정파의 분타주로서 사파인에게 너무 저자세였다는 것을 자책하는 건가?"

방야철이 끼어들었다.

"상대는 잔인하고 똑똑하기로 유명한 문상 야월화였어. 그녀의 의심을 풀기 위해 어쩔 수 없는 미끼였다고 생각하네. 그러니 자책하지 말게."

그럼에도 천류영의 굳은 표정은 좀처럼 펴지지 않았다. 조전후가 웃음을 터트린 후 말했다.

"크허허허, 사파가 자랑하는 문상 야월화를 농락한 것이네. 스스로의 능력에 대해 자부심을 가져도……."

천류영이 술잔을 만지며 조전후의 말을 끊었다.

"그녀는 문상 야월화입니다."

"응?"

"그녀라면 저에게 속은 것을 분명 알고 있었을 겁니다."

장득무가 입을 열었다.

"형님, 그녀가 사오주의 문상이라지만, 형님의 계책은 신묘했어요. 배교에 대한 정보가 없는 야월화는 결국 속을 수밖에 없죠. 제가 장담하건대, 그녀는 진실을 모를 거예요."

화가연이 팔꿈치로 옆에 앉은 장득무의 옆구리를 치며 고개를 저었다. 어르신들 많은데 너무 나대지 말라는 신호였다.

천류영이 장득무를 향해 말했다.

"아니다, 비검. 그녀는 이미 모든 정황을 꿰뚫고 있었을 거야. 문상 야월화니까. 그리고…… 내가 본 그녀의 눈빛은 분명 그랬어."

화가연의 만류에도 불구하고 장득무는 꿋꿋하게 제 주

장을 펼쳤다.

"이해가 안 되는데요? 형님의 말이 사실이라면 왜 형님이 던진 미끼를 덥석 물었을까요? 약속 문서는 포기하고 그냥 겐죠를 공동 심문하자고 요구하지."

"못한 것이고, 안 한 것이다."

"······?"

"당시 그녀는 사랑하는 사형이 잘못될까 봐 참은 거야. 그리고 전체를 보기 시작한 거지. 참는 게 이익이라는 걸 간파했으니까. 마지막으로 나에게 제대로 복수하기 위해 안 한 거지."

사람들이 고개를 갸웃거리는 가운데 방야철의 눈빛이 무겁게 가라앉았다.

"그게 무슨 말인가? 그럼 손거문이 부상에서 회복되면 자네를 노릴 것이란 말인가?"

그럼 서로 휴전하기로 한 구두 약속은 지켜지지 않을 것이란 뜻일까?

천류영이 빙그레 웃었다.

"아뇨. 그녀는 무리한 선택을 하지 않을 겁니다. 오히려 우리에게 더 협조적으로 나올 겁니다. 복수를 위한 더 좋은 방법이 있으니까."

"······?"

"그녀는 제가 던진 미끼에 속는 것을 알면서도 일부러

잡은 겁니다. 그것을 제대로 이용하기 위해서 말이죠. 그리고 저 역시 그녀가 그런 선택을 할 것을 알고 던진 거죠."

조전후가 갑자기 머리를 쥐어뜯었다.

"으아악, 뭐야? 우리가 지금까지 감탄한 것 위에 또 다른 무언가가 있었다는 거야? 제길, 우리 분타주나 야월화나 다 마음에 안 들어!"

좌중이 일제히 고개를 끄덕였다.

*　　　*　　　*

야월화는 목면 천으로 손거문의 벌거벗은 육체를 천천히, 공들여 닦았다. 그의 돌처럼 단단한 몸에 자잘한 멍들이 흩어져 있었다.

손거문은 부드러운 미소를 지으며 그녀의 머리를 쓰다듬다가 말했다.

"사매, 미안하다. 내 팔이 부러지는 바람에 네가 구상했던 것들이 다 일그러졌어."

"사형, 아무 말도 하지 마세요. 지금은 모든 것을 다 잊고 푹 쉬세요."

"배교나 무림서생에 관한 건……."

그의 입술을 야월화의 검지가 막았다. 그녀는 고개를

저으며 살포시 미소 지었다.

"사형, 오늘은 무척이나 피곤한 하루였어요."

그녀는 손가락에 내공을 담고는 손거문의 수혈(睡穴)에 댔다.

"사형은 제가 혈도를 짚어도 스스로 풀 수 있다는 거 알아요. 하지만 그냥 받아들여 주세요."

"……."

"오늘 일로 심사가 복잡해 잠도 제대로 못 주무실 거잖아요. 그래서야 팔뼈도 늦게 붙는다고요."

손거문은 야월화의 눈을 찬찬히 바라보았다. 그리고 뜻 모를 한숨을 쉬고는 고개를 끄덕였다.

"사매, 나는 널 믿고, 널 좋아한다."

야월화의 얼굴이 환해졌다. 그녀는 고개를 끄덕이면서 수혈을 짚었다.

"알아요. 하지만 제가 더 사형을 좋아하고 사랑해요."

야월화의 얼굴이 흐릿해지면서 손거문의 의식이 몽롱해졌다. 그는 몸속의 진기가 절로 움직여 수혈을 풀려는 것을 제어하며 서서히 깊은 잠에 빠져 들어갔다.

야월화는 손거문이 낮은 콧소리를 내며 잠자는 모습을 한참 지켜보다가 목면 천을 옆으로 휙 던졌다.

그 자리에는 젊은 시녀가 대야에 물을 받은 채 머리를 숙이고 있었다. 시녀는 천을 주워 들고 야월화의 눈치를 살폈다.

"저는 이제 그만 나가볼까요?"

시녀의 물음에 야월화가 피식 웃었다. 방금 전까지 감돌던 부드러운 미소는 자취를 감췄고, 싸늘한 냉기가 풍겼다.

"따라 나오너라."

야월화가 앞장서 내실 밖으로 나갔다. 그러자 시녀는 창백해진 얼굴로 뒤따랐다.

문밖의 호위무사가 야월화를 향해 허리를 굽혔다. 그때, 야월화가 그의 옆구리에 있는 칼을 뽑아 들고는 시녀를 겨눈 채 입을 열었다.

"천한 것이 감히!"

시녀의 얼굴이 새파랗게 질려갔다.

"왜, 왜 그러십니까요?"

"천한 년이 감히 무상님의 몸을 훔쳐봐?"

"아닙니다. 절대 그런 일 없습니다."

"목소리를 낮춰라. 행여나 무상께서 깨시면 네년의 목을 베어버릴 것이니."

시녀는 부들부들 떨며 소리 죽여 말했다.

"절대, 아무것도 보지 않았습니다."

야월화의 입가에서 시작된 잔인한 미소가 얼굴 전체로 퍼져 나갔다. 이루 말할 수 없이 아름다운 얼굴이었으나

보는 사람은 소름이 돋아날 정도로 차가웠다.

그 표정을 보며 호위무사는 숨을 죽였다.

두 얼굴을 가진 여인.

무상과 함께 있을 땐 누구보다 온화하지만, 실제로는 세상에서 가장 냉혹한 사람.

푹!

"컥!"

칼이 시녀의 눈 하나를 찔렀다. 그리고 비명이 터져 나오려는 순간, 야월화의 손이 그녀의 아혈을 짚었다.

"끄르르르륵."

아혈로 인해 터지지 못한 신음이 낮게 깔렸다.

털썩.

시녀가 주저앉은 채 피눈물을 쏟아냈다. 야월화는 시녀를 차갑게 내려다보며 스산하게 말했다.

"무상께서 당신의 허락 없이 수하나 너희 같은 천한 것들을 죽이지 말라는 명을 내린 것에 감사해야 할 것이야."

시녀는 대답하지 못했다. 아니, 눈 하나를 잃었다는 충격과 고통에 몸만 떨었다.

야월화는 검을 호위무사에게 건네며 말했다.

"적당한 곳에 치워 버려라. 무상의 눈에 다시는 띄지 않게."

"존명!"

호위무사는 시녀의 머리채를 잡아 질질 끌고 사라졌다. 그 모습을 노려보던 야월화가 고개를 천천히 빙그르르 돌렸다.

"무림서생, 날 엿 먹였다, 이거지? 훗, 배교가 우리 지부와 총타를 노려? 좋아, 당장은 네 뜻대로 움직여 주마. 하지만 결국 뒤통수를 맞는 건 네가 될 거야."

이를 가는 소리가 어둑어둑한 회랑을 울렸다.

3

야월화는 천천히 걸음을 옮겨 자신의 거처로 향했다. 그곳에는 두 명의 장로와 흑살대주, 무풍단주, 혈사자단주가 기다리고 있었다.

야월화가 내실의 문을 열고 들어가자 두 장로를 뺀 세 사내가 일어서서 맞았다.

야월화는 귀찮다는 표정으로 손을 흔들었다. 그냥 자리에 앉으라는 듯이.

그녀는 다탁에 앉은 사내들을 물끄러미 보며 침묵했다. 그러자 사내들의 표정에 불편한 기색이 나타났다.

무상이 없을 때의 그녀였다.

장로 중 한 명이 정적을 깨려는 순간, 야월화가 붉고 도톰한 입술을 열었다.

"흑살대주님."

흑수륵이 살짝 미간을 찌푸리며 답했다.

"예, 문상."

"내가 우습나요?"

흑수륵이 입술을 꾹 깨물며 고개를 저었다.

"그럴 리가 있겠습니까?"

"그런데 아까 전장에서 제 명을 그따위로 듣나요? 내 입에서 항명하는 거냐는 말이 나오게 해요?"

그녀의 명에 바로 답하지 않고 무상 손거문을 본 것을 지적하고 있는 것이다.

코 옆에 엄지손톱만 한 점이 있는 흑점도 장로가 입을 열었다.

"문상, 지금 다 끝난 일을 가지고 유능한 장수를 문책하려고 우리까지 부른 건가? 애초에 잘못은 네가 더 크다고 생각하는데?"

그 옆에 있는 구사검 장로가 말을 받았다.

"무상이 출도했다. 그런데도 너는 지휘권을 빼앗았지. 그리고 정파에 농락당했고."

야월화가 차갑게 받아쳤다.

"무상을 지키기 위해서였어요."

구사검 장로가 코웃음 쳤다.

"어쨌든 무상은 망신만 당한 꼴이 됐다. 첫 출전에서

정파를 돕는 보조 역할로 전락하게 만들다니! 이 일은 결코 그냥 넘길 수 없다. 나중에라도 반드시 책임을 물을 것이야."

무풍단주가 눈치를 살피며 입을 열었다.

"장로님들, 제가 말씀드렸다시피 어쩔 수 없는 일이었습니다. 배교가 왜구 뒤에 있을 줄 누가 알았겠습니까?"

그의 말에 흑점도 장로와 구사검 장로가 침음했다. 확실히 그건 충격적이었다. 더더군다나 그 학살자들이 총타를 노리고 있을 줄이야!

흑점도 장로는 입맛을 다시며 야월화를 보았다.

"문상, 상황이 어찌 됐든 네 역할은 무상을 보좌하는 거다. 무상이 출도한 이상 네 전횡은 용납할 수 없어. 경고하는데, 자중해라."

야월화의 입꼬리가 꿈틀거리며 조소를 만들어냈다. 그녀는 혀를 내밀어 입술을 축이고는 말했다.

"전횡이라고 하셨나요? 호호호, 재미있네요. 하지만 제가 참죠. 왜냐고요? 어쨌든 여기 계신 모든 분들은 무상을 위하니까. 그 충심은 믿을 수 있으니까."

야월화는 두 장로가 눈살을 찌푸리는 것을 보며 말을 이었다.

"이딴 걸로 시간을 낭비하려고 여러분을 모신 건 아니니까 본론을 얘기하죠. 배교란 변수가 등장했어요. 상황이 이러니 무상을 중심으로 똘똘 뭉쳐야 하지 않겠어요? 우리끼리 권력 다툼할 때는 아니죠. 뭐, 원하신다면 장로님들께 제가 머리를 숙이고 들어갈 수도 있어요."

구사검 장로가 묘한 미소를 머금으며 고개를 끄덕였다.

"크크큭, 네가 그렇게 나온다면야 우리도 이번의 네 실수를 다섯 사부님께 상달하지 않을 수도 있다. 물론 네가 앞으로 우리에게 어떻게 하는지 봐야겠지만."

다섯 사부.

사오주의 핵심인 다섯 사파의 수장들을 일컬음이다.

손거문과 야월화의 스승들.

흑수륵이 침중한 낯빛으로 말했다.

"문상, 당분간 주적(主敵)은 정파가 아니라 배교가 되는 겁니까?"

혈사자단주가 끼어들었다.

"아무래도 그래야 하지 않겠습니까? 배교 놈들은 정파뿐만 아니라 우리도 노리는 학살자들이니……. 그놈들이 어느 정도 쇠락할 때까지는 수성에 힘쓰는 게 현명하다고 생각합니다."

무풍단주도 찬동했다.

"오늘 망신을 당하긴 했지만, 길게 보면 큰 행운이라고 생각합니다. 정파는 마교와 흑천련, 그리고 배교까지 상대해야 되니까요."

모두가 고개를 끄덕였다. 철저히 수성에 임하면서 기다리는 것이 남는 장사였다.

무상은 일 년 전부터 그래서야 어찌 패왕의 별이 될 수 있겠냐며 타박했지만, 배교가 등장한 상황이니 신중해질 것이다.

모두의 이목이 야월화에게 향했다. 그녀가 싱긋 웃었다.

"동감이에요. 일단은 수성하면서 지켜봐야죠. 그런데 한 가지, 반드시 짚고 넘어가야 할 것이 있어요. 무림서생."

"……?"

"장담하건대, 그자는 우리를 속인 거예요. 배교가 왜구와 손을 잡을 리도 없거니와, 소림사를 공격하면서 무리하게 우리의 총타까지 노리진 않을 거예요."

구사검 장로가 고개를 갸웃하며 말했다.

"그 미친놈들이야 예전에도 정사를 가리지 않고 덤볐으니……."

야월화가 그의 말허리를 끊었다.

"그러니까 같은 실수를 반복하지 않을 가능성이 높지 않을까요?"

"음……."

그럴듯하지만 확신하긴 어려웠다. 배교는 피에 굶주린 놈들이니까. 모두가 선뜻 결론을 내리지 못하자 야월화가 목청을 높였다.

"가장 중요한 건, 무림서생은 진실을 숨기려다가 실수를 했어요. 겐죠를 공동 심문하는 것을 막으려고 급하게 던진 미끼. 제정신인 정파 분타주라면 절대 그런 짓을 하지 않아요."

무풍단주가 입을 열었다.

"하지만 무림서생은 작년에야……."

그는 채 말을 제대로 하지 못하고 야월화에 의해 끊겼다.

"물론 벼락출세한 인물이니 그럴 수도 있다고 생각할 수 있지만, 저는 동의 못해요. 사천과 이곳에서의 일만 봐도 그가 얼마나 용의주도한 놈인지 짐작할 수 있어요."

그녀는 말을 멈추고 눈을 빛내며 미소를 머금었다.

"하지만 그래서 그 미끼가 실수인 거예요. 나를 너무 얕봤어요."

그 말에 사내들은 심각한 표정을 지으며 생각에 빠져들었다. 배교의 출현에 너무 골머리를 앓다 보니 무림서생의 속임수에 대해서는 크게 생각하지 못했다.

물론 그자가 워낙 능수능란하게 상황을 이끈 점도 한몫했다.

무풍단주가 고개를 천천히 끄덕이며 입을 열었다.

"그럴 수도 있겠군요."

구사검 장로가 이를 갈며 말했다.

"감히 우리를 속였다? 그것이 사실이라면 그놈을 죽여 버려야지!"

흑점도 장로가 맞장구쳤다.

"무상이 회복하는 대로 절강 분타로 쳐들어가서 요절을 내버려야겠군. 그럼 무상과 우리의 명예도 다시 회복되는 것이지."

야월화가 양손을 들고 고개를 저었다.

"아뇨, 아뇨. 그건 하책이에요. 이번엔 무상의 부상으로 실기했고, 무상이 회복돼도 무림서생과 맞붙는 건 어리석은 짓이에요."

두 장로가 미간을 찌푸렸지만, 야월화는 거침없이 말을 이었다.

"첫째, 방금 합의했잖아요. 정파와의 싸움은 나중으로 미루자고. 둘째, 그때쯤이면 이곳의 민심은 그자에게 돌아가 있을 거예요. 일본벌과 왜구를 쓸어낸 그들을 노린다면 민심을 잃기 딱 좋죠. 무상이 그런 무리수를 두진 않을 거예요."

모두가 한숨을 쉬었다.

무상 손거문.

그는 사파인답지 않았다.

오히려 정파의 호걸에 가까웠다. 하지만…… 역설적인 얘기지만, 그래서 사오주의 모든 사람들이 그를 존경하고 좋아했다.

그는 누구보다 강하면서 순수했으니까. 음모로 뒤통수를 칠 사람이 아니니까. 그래서 그를 모두가 믿고 따를 수 있었다.

야월화는 사내들의 반응을 살피고 말을 이었다.

"셋째, 무림서생은…… 결코 만만치 않은 자예요. 그걸 인정해야 돼요. 그의 귀계는 놀랍고, 수하 중엔 무상에 육박하는 고수들이 있어요. 또한 무림서생을 향한 정파인들의 충성심도 당연히 높을 테고요."

"……."

"물론 우리가 패배할 것이란 말은 아니에요. 하지만 큰 피해를 입을 수 있단 뜻이죠. 초장에 큰 손실을 입어서야 어떻게 천하일통을 꿈꾸겠어요?"

그녀의 논리 정연한 지적에 다섯 사내는 침묵했다. 자존심 상하는 말도 있었지만, 부인할 수 없는 사실들이었기에.

흑점도 장로가 입을 열었다.

"그래서 너는 어떻게 하자는 거냐?"

"그의 뜻에 따라 협조할 생각이에요. 그는 배교를 대비해 절강성을 지키는 연합 전선을 제안할 거예요. 우리를 수족으로 부리려는 거죠. 하지만 저는 그 제안을 받아들일 생각이에요."

"우리를 속인 놈의 수족이 되겠다?"

"예. 정파인들은 속이 좁아요. 우리와 친하게 지내는 무림서생을 좋게 보지 않을 거예요."

흑수륵이 손가락으로 탁자를 가볍게 쳤다.

"문상, 그를 정파의 배신자로 만들 생각이십니까?"

세 사내가 그의 의문에 고개를 끄덕이는 가운데 구검사 장로가 혀를 찼다.

"어느 세월에 말이냐? 정파는 설사 무림서생이 눈엣가시 같은 존재라고 해도 코앞의 적을 상대하느라 정신이 없을 것이다. 또한 무림서생을 옹호하는 놈들도 제법 있을 거야. 정파는…… 우리처럼 일사불란하지 않아. 주장들이 천차만별이지."

흑수륵이 동의하고 나섰다.

"예, 바로 그 점입니다. 정파는 전쟁이 끝나기 전까지는 무림서생을 건들지 않을 공산이 큽니다. 문책을 하더라도 전란 후가 될 겁니다. 왜냐하면 정파는 가뜩이나 적이 많은데 분열하고 싶지는 않을 테니까요."

야월화가 비릿한 미소를 흘리며 품속에서 종이를 한 장 꺼냈다. 그건 천류영이 그녀에게 건네준 문서였다.

"이걸 이용해야죠. 그럼 몇 달이면 충분해요."

"……?"

"이자의 필체를 똑같이 모방해서 가짜 문서를 몇 장 만들 겁니다. 물론 그 문서를 읽으면 우리 사오주와 아주 가까워지는 무림서생을 볼 수 있게 될 거예요. 정파의 배신자인 무림서생을."

다섯 사내의 눈에 이채가 스쳤다. 흑수륵이 물었다.

"정파인들이 믿을까요?"

야월화가 소리 없이 웃고는 진득한 음성으로 대꾸했다.

"무림서생이 나를 속인 것과 같은 거죠. 진실은 중요하지 않아요. 의심을 불러일으키고 초조함을 느끼게 하면 되는 거니까."

흑수륵이 감탄하며 말을 받았다.

"아! 그렇군요. 그런데 문서의 진위 여부를 확인하려고 하면?"

"무림서생은 또 하나의 실수를 했어요. 원래 상황에 쫓겨 한 번 실수를 하면 또 저지르기 십상이죠. 마치 거짓말을 들키지 않기 위해 또 다른 거짓말을 하듯이. 그는 지장을 찍지 않고 수결을 했어요. 그러니 우리가 똑같이 모방하면 진실을 알 수 없죠. 의심은 그렇게 눈덩이처럼 불어나게 될 겁니다."

"……"

"결국 정파인들은 천류영을 불러들이게 될 겁니다. 진실을 확인하기 위해서. 그것으로 정파와 천류영은 한동안 진실 공방에 얽매일 수밖에 없지요."

다섯 사내의 입가에 짙은 미소가 어렸다. 사실 그들도 무림서생이 만만치 않은 상대라는 것을 이미 깨닫고 있었기에.

구사검 장로가 가볍게 손뼉을 친 후에 말했다.

"훌륭하군. 좋아, 그럼 그 가짜 문서는 정파의 누구에게 들어가게 할 거지? 무림맹주? 제갈천 총군사?"

그거야말로 가장 중요한 문제였다.

야월화가 차가운 눈빛으로 입을 열었다.

"그들은 싸우느라 정신이 없을 거예요. 이 문제에 전념하기 쉽지 않죠."

"그렇다면?"

질문을 던지는 장로의 음성이 떨렸다. 그도 야월화가 무슨 말을 할지 짐작이 간 것이다.

"모두가 정신없이 싸우는 와중에도 여유를 가지고 지켜보는 자들, 막강한 힘을 가지고 숨어 있는 자들, 그리고 우리를 대륙의 구석으로 몰아낸 배후, 우리가 강호일통을 위해서 최후에 맞서 싸워야 할 적."

*　　　　*　　　　*

천류영이 자신에게 집중한 사람들을 보며 담담하게 말했다.

"비원(秘園)."

좌중이 충격에 빠졌다.

보이지 않는 곳에서 세상을 움직이는 거대한 세력이라는 음모론과 단순한 친목회 성격이라는 소문이 도는 조직.

총 열두 명의 회원으로 여섯 명이 세상에 알려져 있으며, 그중 다섯 명이 정파십대고수.

천류영의 입에서 전혀 생각하지도 못했던 단어가 튀어나오자 사람들은 아연해하거나 황당해했다.

천류영이 말을 이었다.

"야월화는 몇 달 뒤에 저를 비원과 만나게 해줄 겁니다. 제가 던진 미끼를 이용해서 말이죠."

"……."

"그리고 저는 그 기회에 비원의 수장을 만나볼 생각입니다."

많은 사람들이 뭔 뜬금없는 소리냐고 이구동성으로 말했다. 실체나 성격도 모호한 비원이 왜 여기서 등장하냐고.

그러나 세 사람은 굳은 얼굴로 침묵했다.

낭왕 방야철, 서언 주작단주, 검학자 장로.

천류영은 그 셋을 번갈아 주시했다. 그러자 기가 막혀하던 사람들의 눈도 천류영을 쫓아 세 사람을 보기 시작했다.

남궁수가 곤혹스러워하다가 검학자를 불렀다.

"장로님, 혹시 아는 것이 있으십니까?"

그는 침묵했다. 그러자 조전후도 서언에게 물었다.

"표정이 왜 그렇소? 뭔가 아는 게 있는 거요?"

"……"

"분타주를 평생 주군으로 모신다며? 아는 거 있으면 속 시원하게 말해보라고."

장득무도 합세했다.

"이 분위기, 대체 뭡니까? 비원이란 곳이 정말로 무슨 어마어마한 힘이 있는 겁니까?"

여러 사람들이 세 사람을 향해 질문을 던져 댔다. 그러나 셋은 모두 함구했다.

그러자 천류영이 묘한 미소로 고개를 끄덕였다.

"역시 그렇군요."

좌중의 시선이 다시 천류영에게 돌아왔다. 천류영은 술을 마시고 말했다.

"지난 수백 년간의 무림 역사를 보면서 느낀 건 이해하기 어려운 선택들이 존재했다는 겁니다. 무수한 예가 있는데, 일단 지금은 사오주 얘기를 했으니 그걸 말해보죠."

"……"

"정파는 사오주를 거세게 몰아붙였습니다. 자잘한 사파들은 몰라도 정파의 핵심인 무림맹을 위협할 사파 연합체인 사오주는 용납하지 못하겠다고 말이죠. 그런데 어느 순간 갑자기 그 공세가 현저하게 약해졌습니다. 굵직한 전투들이 소규모의 국지전으로 둔갑했죠."

천류영은 혀로 입술을 가볍게 적시고는 말을 이었다.

"당시 무림맹 인사들이 바뀐 것도 아니고, 사오주의 반격이 달라진 것도 아닌데 말이죠. 아무리 납득할 만한 이유를 찾아보려고 해도 없더군요. 누군가가 무림맹과 당시 전투에 참가했던 정파의 명숙들에게, 그리고 사오주의 수뇌부에게 어떤 식으로든 압력을 넣지 않는 이상……."

침묵하고 있던 방야철이 입을 열었다.

"비원은 건드리지 않는 게 좋을 것 같네."

좌중이 기함했다. 천류영이 하려는 행동을 낭왕이 제지하고 나서다니.

그런데 서언도 합류했다.

"그들은 그저 지켜볼 뿐입니다. 건드리지 않으면…… 방해하지 않을 겁니다. 분타주께서 어떤 개혁을 하더라도 말입니다."

4

검학자도 깊은 한숨을 내쉬고 말했다.

"그들은 악(惡)이 아니네. 아니, 오히려 선(善)에 가깝지. 그러니 괜한……."

천류영이 검학자를 보며 말을 끊었다.

"선인지 악인지 직접 보고 들으셨습니까? 비원의 실체에 대해 확실하게 아는 것이 있으십니까?"

"……."

"저는 직접 보고 듣겠습니다."

서언이 나섰다.

"분타주님, 저도 잘은 모르지만, 비원은 일종의 버팀목같은 겁니다. 정파가 아주 어려워지면……."

천류영이 그의 말을 끊었다.

"저는 그게 이해가 되지 않습니다. 모두가 죽어라 싸우고 있는데 가장 큰 힘을 지닌 비원은 뒤에서 구경만 한다는 것 자체가 말입니다."

서언이 당황하며 대꾸했다.

"아, 아니, 그들이 가장 큰 힘을 가졌다는 뜻은 아닙니다. 적지 않은 힘을 가지긴 했지만 어느 정도인지는 저도 잘 모릅니다."

"무림의 역사를 살펴보면 아주 흥미로웠던 점들이 있습니다. 정파엔 늘 십대고수가 존재했습니다. 그런데 비원의 회원인 십대고수들은 마교가 쳐들어오든 배교의 혈겁이 일어나든 꼼짝도 안 하더군요."

"아! 그랬습니까?"

서언은 눈을 치켜뜨며 놀라워했다. 그런 것까지는 몰랐

다는 표정이다. 그러자 검학자가 끼어들었다.

"그래서 방금 주작단주가 말했던 거네. 그들은 어지간 해서는 세상일에 나서지 않는다고. 자네는 개혁을 꿈꾼다 는데, 그것 역시 지켜보기만 할 걸세. 정파의 배신자만 되 지 않는다면 비원이 자네의 후원자가 될 수도 있고."

천류영은 더 이상 말을 해봐야 소용없다는 것을 깨달았 다. 그래서 빙그레 웃으며 어깨를 으쓱거렸다.

"제가 원하는 게 바로 그겁니다. 그분들이 혹시나 제 후원자가 된다면 금상첨화 아니겠습니까?"

검학자와 서언의 굳었던 표정이 밝아졌다.

"흐음, 그런 뜻이었나?"

"분타주님이라면 비원의 협조를 받아낼 수 있을지도 모 르겠습니다."

천류영은 속으로 고소를 삼켰다.

역시 이 두 사람은 비원에 대해 잘 알지 못한다. 그저 풍문이나 지인에게서 좋은 얘기만 들었을 것이다.

세상은 아는 것만큼 보이는 법이니까. 그러나 진실이란 대체적으로 아름다운 모습을 가지고 있지 않다.

그것은 순수하지만 아프고 신랄하며 평정을 깨뜨린다.

그럼에도 불구하고 진실을 찾는 노력을 멈춰서는 안 된 다. 그것이 멈춰지는 순간, 거짓이 활개치고 부패와 악이 정의와 선으로 둔갑하니까.

어디에선가 힘없고 선량한 자들이 위선자들에 의해 탄압 받고 쓰러져 갈 테고, 어느 날 그 가면을 뒤집어쓴 악이 당신이나 당신의 가족을 방문할 수 있으니까.

천류영은 마지막으로 방야철을 보았다.

그는 여전히 굳은 얼굴로 앞에 놓인 술잔을 뚫어지게 보고 있었다.

천류영이 웃는 얼굴로 방야철에게 물었다.

"방 대협은 어떻게 생각하십니까? 비원이 제 후원자가 될 수 있다고 생각하십니까? 하하하, 운이 좋으면 아예 비원의 회원이……."

방야철이 그의 말꼬리를 자르고 들어왔다.

"백인백색(百人百色)이란 말이 있네. 사람은 다 다르지. 만약 자네의 눈에 비친 비원의 실체가 선이 아니라 악이라면 어떻게 할 건가?"

천류영이 대답하려는데 방야철이 한 손을 들어 제지했다.

"아직 할 말이 더 남았네. 비원이 도저히 감당할 수 없는 힘을 가지고 있다는 전제하에 대답해 주게."

모두가 숨을 죽이고 천류영과 방야철을 번갈아 보았다. 묘한 미소를 머금고 있는 천류영과 딱딱하게 굳은 표정의 방야철.

"방 대협, 도저히 감당할 수 없는 힘이란 어느 정도입니까? 그런 게 상상이 안 되서 대답하기 어렵네요."

방야철의 표정이 스르르 풀어졌다. 그리고 술을 들이켜고는 피식 웃었다.

"이미 자네 결심은 굳은 것 같군."

"……."

"야월화가 자네를 비원에 인도하지 않는다면 다른 수라도 쓰겠군. 어떻게 해서든 비원을 만날 거야. 맞나?"

천류영은 제 잔에 술을 따르며 계속 침묵했다. 방야철도 다시 자작하고는 말했다.

"그래, 전체의 그림을 그리는 자네지. 그런데 비원의 실체를 확인하지 않으면 답답해서 견딜 수가 없겠지. 뭔가 빠진 듯한 느낌이 계속 머릿속에서 맴돌 테니까."

검학자가 심호흡을 하고 물었다.

"낭왕, 비원의 수장을 직접 만나보셨소?"

방야철은 입을 굳게 다물었다. 여러 사람들이 그에게 질문을 던졌지만, 그의 입은 끝까지 열리지 않았다.

그리고 그가 입을 연 것은 자리를 파하고 모든 사람들이 빠져나간 후였다. 그는 천류영, 풍운과 마주하고 말했다.

"이것만은 꼭 기억해 주게."

"……?"

"자네는 이미 많은 것을 증명했네. 그리고 앞으로 더 많은 일들을 해내겠지. 나는…… 그런 자네를 계속 보고 싶네."

방야철은 시선을 천류영 옆의 풍운에게 옮기고 말을 이었다.

"자네가 분타주 옆에 있어서 안심이야. 늘 곁에서 이 친구를 도와주게."

그가 마지막으로 회의실을 빠져나가려는 순간, 천류영이 물었다.

"만약 제가 비원과 척을 지게 되면 방 대협은 어느 편에 서실 겁니까?"

방야철은 자리에 못이라도 박힌 듯 한참을 멈춰서 움직이지 않았다. 그리고 천류영은 끈질기게 기다렸다.

마침내 방야철이 입을 열었다.

"나는 사천 분타로 돌아가 마교나 흑천련과 싸워야 하네. 이런 판국에 설마 같은 정파에 칼을 겨누라는 말인가?"

천류영은 포기하지 않고 집요하게 물었다. 이건 단순히 낭왕의 선택을 묻는 것이 아니었다. 비원의 힘과 실체에 대해 추론하기 위함이었다.

"비원이 절 노리면…… 절 도와주실 겁니까?"

방야철이 고개를 저었다.

"자네는 결코 척을 지지 않을 거네. 현명하니까."

그가 다시 발을 뗐다. 빠르게 걷는 그의 등을 향해 천류영이 소리쳐 물었다.

"이해할 수가 없습니다! 당최 비원의 무엇이 천하의 낭왕을 이렇게 움츠리게 만드는 겁니까? 대체 무엇이 두려운 겁니까?"

풍운도 고개를 갸웃하며 낭왕의 등을 주시했다.

죽음도 두려워하지 않는 사내다. 그런 사내가 두려워하는 것이 무얼까?

방야철이 한숨을 뱉고 고개를 돌렸다.

"몇 달 뒤, 자네가 비원의 실체를 보면 알게 될 거네. 그때 자네는…… 나처럼 덜덜 떨지 않았으면 좋겠군. 진심이네."

"……."

"비원이 마음에 들지 않아서 그들을 꺾고 싶어지면 패왕의 별이 되어야 할 거네. 천하무림이 자네 앞에 무릎을 꿇는다면 가능할지도."

"……!"

천류영의 눈동자가 흔들렸다. 많은 생각들이 한순간 그의 머릿속을 어지럽혔다.

풍운이 혀를 차며 끼어들었다.

"낭왕 아저씨, 그러니까 싸우게 되면 한편이냐고요? 왜 머리 아픈 얘기만 늘어놓는 거예요?"

그의 질문에 방야철이 머리를 긁적거리며 실소를 흘렸다. 그리고 어깨를 으쓱하고는 말했다.

"우린 늘 한편 아니었나. 당연한 걸 묻기는."

풍운이 그제야 표정을 풀고 검지로 방야철을 가리켰다.

"바로 그거죠. 하하하."

풍운이 시원하게, 방야철이 멋쩍게 웃는 가운데 천류영이 심각한 얼굴로 혼잣말했다.

"패왕의 별이라……."

천류영은 한숨을 삼키며 쓴웃음을 깨물었다.

분수를 넘는, 높은 것을 향한 욕망.

그것은 파멸로 가는 지름길임을 잘 알기에.

*　　　*　　　*

퍼억!

"꺽!"

한 명의 무승(武僧)이 짧은 단말마와 함께 고꾸라졌다. 그는 잠깐 몸을 부르르 떨더니 이내 움직이지 않았다.

즉사.

함께 번을 서고 있던 무승이 주저앉은 채 덜덜 떨었다. 그는 초소 바닥에 있는 화섭자를 잡으려고 했다. 그러나 그의 손목을 새하얀 얼굴의 중년인이 밟았다.

콰직!

그가 비명을 지르려는데 입안 가득 나무가 박혔다.

백면(白面) 중년인, 즉 배교의 소교주인 방우가 무승

앞에 쪼그려 앉고는 스산하게 웃었다.

"후후후, 이런 곳에 봉화대를 두었을 줄이야. 언제부터 도도한 소림이 이렇게 경계에 신경을 썼을까?"

그는 쥐고 있는 나무를 흔들다가 천천히 빼내며 말을 이었다.

"소림 땡중, 경고하는데, 작은 소리라도 내면 넌 죽는 거야."

서늘한 바람이 부는데도 승려는 식은땀을 흘리며 고개를 끄덕였다.

"후후후, 좋아. 내 질문에 사실대로만 답하면 살려주지."

방우는 무릎을 펴고 일어서서 어둠 속 저편에 보이는 숭산의 소실봉(少室峯)을 보았다.

저 봉우리 너머 산중턱에 예로부터 정파무림의 태산북두라고 불리는 소림사가 있었다. 삼백 년 전, 자신들에게 가장 많은 피해를 주었던 땡중들이 모여 있는 곳.

그는 발을 승려의 민머리에 올리고는 물었다.

"언제부터 이 자리에 봉화대가 있었지?"

"사흘 전입니다."

방우는 미간을 찌푸리며 입술을 잘근잘근 깨물었다.

사흘 전이라……. 그렇다면 무림맹 수뇌부가 본 교의 존재를 눈치채고 움직이고 있다는 말이 사실인가?

그렇다고 하더라도 소림사인 건 어떻게 알았을까? 어디

서 비밀이 새어 나갔을까?

얼마 전 탈출한 화선부?

아니면 일 년 전부터 조용히 꼬리를 밟아오던 빙봉 우군사?

그는 고개를 갸웃거리다가 입을 열었다.

"빙봉이 소림사에 있나?"

순간, 승려의 눈이 커졌다. 그걸 본 방우가 혀를 찼다.

"달달 외우는 거나 잘하는 계집인 줄 알았는데, 제법이군. 흐음, 어디까지 알고 있으려나?"

그는 발로 승려의 머리를 지그시 눌렀다 살짝 떼는 것을 반복하다가 물었다.

"무림맹의 지원군이 와 있지?"

"내, 내일 무림맹과 개방의 지원군이 합류하기로……."

그의 말꼬리를 방우가 끊었다.

"벌써 와 있는 거군."

"……!"

"후후후, 아쉽군. 사실대로 말했으면 살려줬을 텐데. 잘하다가 왜 마지막에 그러는 건지. 쯧쯧."

콰직.

젊은 승려의 머리가 부서지며 뇌수가 주변으로 튀었다. 방우는 소실봉을 뚫어지게 보며 한참을 침묵하다가 고개를 돌렸다.

붉은 안광을 흘리는 세 인영.

특강시인 이악, 삼악, 사악이다.

그리고 그들 뒤, 산 아래로 배교도들과 철강시들이 대기하고 있었다.

방우가 어깨를 으쓱하고는 낮게 웃었다.

"후후후, 꽤나 싱거운 싸움이 될 줄 알았는데, 재미있겠군. 뭐, 이건 혈겁의 시작일 뿐이지만, 화끈하게 가는 것도 나쁘지 않겠지?"

그는 바닥에 있는 화섭자를 들어 올렸다. 그러고는 봉화대에 대고 불을 붙였다.

화르르륵.

송진이 가득 채워져 있어 불은 쉽게 타올랐다.

"후후후. 가자, 삼백년 전의 복수를 하러!"

방우의 내공을 담은 고함이 어둠에 잠든 산에 쩌렁쩌렁 울렸다.

*　　　　*　　　　*

뽀드득, 뽀드득.

아직도 여러 곳에 잔설이 녹지 않고 깔려 있었다.

캄캄한 새벽.

횃불을 든 이백여 명이 비틀거리며 걸었다. 그들이 날

숨을 뱉을 때마다 하얀 입김이 까만 허공을 타고 오르다가 힘없이 사라졌다.

사시사철 얼음으로 뒤덮인, 북해가 가까운 이곳은 이루 말할 수 없을 정도로 추웠고, 바람은 송곳같이 살을 쑤셔 댔다.

선두에서 구 척의 기다란 청룡극을 든 사내, 초지명이 멈췄다.

어둠 속에서 아스라이 보이는 거대한 돌성.

가장 추운 곳에 있으나 제일 뜨거운 무인들이 산다는 북해빙궁이다.

초지명이 멈춰 서자 따라오던 이들이 자리에 주저앉았다. 그들은 주변의 눈을 파먹으며 허기와 갈증을 달랬다.

퀭한 눈동자.

대부분이 금방 죽어도 전혀 이상하지 않을 만큼 지쳐 있었다. 걸치고 있는 옷은 누더기나 다름없어서 세찬 바람을 전혀 막지 못했다.

귀혼창이 초지명 옆에 서서 입을 열었다.

"몇 년 만인지 기억도 안 나는군요."

초지명이 무덤덤하게 대꾸했다.

"사 년."

"그랬었나? 며칠 굶었더니 기억까지 가물가물거립니다. 크크큭."

사막의 푸석한 모래 같은 웃음이 갈라졌다.

초지명은 고개를 돌려 귀혼창을 보았다.

"다녀오지."

귀혼창이 쓴웃음을 깨물고 물었다.

"정말 저들이 우리를 받아줄 거라 믿는 겁니까?"

"……."

"사 년 전, 당신은 이곳에서 포위된 수하들을 구하기 위해 삼십 명만 데리고 출전했다고 들었습니다. 그때 당신을 막으려던 북해빙궁의 사상자가 사백."

초지명은 잠시 멍하니 있다가 고개를 끄덕였다.

"그랬던 것 같군."

"크크큭, 흑랑대주님의 기억도 가물가물한가 봅니다."

초지명이 청룡극을 어깨에 걸쳤다.

"제정신이면 이상한 거 아니겠나?"

"크크큭. 그렇군요. 아! 이런 말을 하려던 게 아닌데. 어쨌든 저놈들이 머리에 화살 맞은 것도 아닌데 흑랑대주님의 부탁을 들어주겠습니까?"

초지명은 또 잠깐 동안 침묵하다가 반문했다.

"이젠 따로 갈 데도 없지 않나?"

"……."

"있나?"

귀혼창이 땅에 주저앉고는 웃음을 터트렸다.

"크크큭, 그렇군요. 그런데 차라리 제가 가는 게 낫지 않겠습니까? 흑랑대주님을 보면 저들이 칼을 들고 당장 달려들 텐데. 제가 지금 칼 휘두를 힘도 남아 있지 않아서……."

초지명은 그를 내려다보다가 고개를 돌려 자신을 바라보고 있는 수하들을 보았다.

천랑대와 흑랑대, 이백여 명.

이들은 부상과 굶주림, 그리고 추위로 죽어가고 있었다.

초지명이 입술을 깨물었다가 말했다.

"반 시진 뒤에는 따뜻한 곳에서 신나게 먹고 한숨 푹 자게 해주마."

아무도 대답하지 않았다.

그것이 사실상 불가능하다고 생각해서일까?

아니면 대답할 기력도 없어서일까?

입담 좋던 파륵 이조장도 축 늘어져 있었다.

초지명은 앞을 향해 걸었다.

어둠을 헤치며 똑바로 북해빙궁을 보고 걸었다. 그런데도 그의 신형은 종종 갈지자로 흔들렸다.

그리고 마침내 그가 북해빙궁의 정문 앞에 다다랐다. 성벽 위에는 북해빙궁의 많은 무사들이 몰려나와 있었다.

초지명은 흐릿한 눈을 몇 번 껌벅이다가 이를 악물고 눈에 힘을 주었다. 그러자 바로 앞 성벽 위에 있는 북해빙궁주가 보였다.

"오랜만이오, 빙궁주."

북해빙궁주 설강(雪强).

그는 초지명을 뚫어지게 쏘아보다가 입을 열었다.

"믿기지 않는군. 산발한 머리와 덥수룩한 수염 때문에 못 알아볼 뻔했어. 거지도 이런 상거지는 처음 보는 군. 그 빌어먹을 청룡극만 아니었다면 정말 몰라봤을 거야."

초지명은 눈을 손으로 잠깐 비비고 말했다.

"혹시 우리가 온다는 전갈을 받았소?"

설강이 어깨를 들썩이며 우렁차게 웃었다.

"크하하하! 받았지. 네 수급을 얼려서 보관하고 있으면 황금 백 냥을 주겠다더군."

초지명은 입맛을 다시며 따라 웃었다. 그러나 그의 웃음소리는 설강에 비해 훨씬 낮았다.

"하하하, 나 같았으면 그 열 배는 줬을 텐데."

"하긴 흑랑대주의 목숨 값치고는 싼 편이지. 하지만 지금 보니 그렇지도 않군. 열 살짜리 아이라도 자네를 상대하겠어."

"뭐, 부인하지 못하겠군."

"당장 내려가 죽이고 싶은데 맥이 풀려 이러고 있을 정도라니까."

초지명은 소리 없이 웃고는 설강을 올려다보며 정색했다.

"사 년 전 궁주가 말한 것을 지켜주시오."

초지명의 말에 설강이 찰나 멍한 표정을 지었다. 그는 고개를 갸웃거리며 물었다.

"내가 너와 무슨 약속을 했었나?"

"아니, 뭐, 약속까지는 아니고……. 그래도 한 문파의 수장이 한 말이니까."

"……?"

"내 목을 벨 수 있다면 어떤 일이라도 하겠다고 했던 말."

"……!"

"내 목을 베시오. 그리고…… 저 뒤에 있는 사람들에게 며칠만…… 딱, 며칠 동안만 따뜻한 잠자리와 먹을 것을 주시오."

털썩.

초지명이 무릎을 꿇었다.

〈『패왕의 별』 2부, 제15권에서 계속〉

www.bbulmedia.com

www.bbulmedia.com